JAMES E. GUNN

Das Vermächtnis der Terraner

D1858173

James E. Gunn

DAS VERMÄCHTNIS DER TERRANER

Science-fiction-Roman

BASTEI
VERLAG
GUSTAV H. LÜBBE

BASTEI-SCIENCE-FICTION-TASCHENBUCH Nr. 25

Amerikanischer Originaltitel: This fortress world
Deutsche Übersetzung: Peter Kleinert

© Copyright 1955 by James E. Gunn
Deutsche Lizenzausgabe 1973:
Bastei-Verlag Gustav H. Lübbe, Bergisch Gladbach
Printed in Western Germany
Titelillustration: Eddie Jones
Umschlaggestaltung: Manfred Peters
Gesamtherstellung: Moritz Schauenburg KG, Lahr/Schwarzwald
ISBN 3-404-00076 5

Der Preis dieses Bandes versteht sich einschließlich der gesetzlichen Mehrwertsteuer

PROLOG

... Wo du auch immer bist, wohin auch immer diese Worte durch List oder Zufall überliefert worden sind – du liest sie auf dem zerfallenen Trümmerhaufen des Zweiten Imperiums.

Geh heute nacht hinaus, blick auf zum Himmel und sieh die verstreuten Sternenwelten, die einsam zersplittert und getrennt sind durch unendliche Abgründe von Haß, Mißtrauen und Machtgier. Erkenne, was sie wirklich sind: gewaltige, graue Festungen, geschützt durch die tiefen Wallgräben des Raumes. Ihre gegen die übrige Galaxis errichteten Verteidigungsanlagen sind ständig streng bewacht.

Das Zweite Imperium ... Sprich es laut vor dich hin. Laß deine Einbildungskraft davon entflammen. Laß seine Bedeutung in deine Seele eindringen.

Ein Imperium. In ihm waren die zahllosen Welten der bewohnten Galaxis vereint. Sie arbeiteten zusammen, lebten zusammen, trieben Handel miteinander. Aber wie funktionierte es? Wie wurde das Imperium zusammengehalten? Wie wurden Streitigkeiten geschlichtet, Kriege vermieden? Wir wissen es nicht. Wir werden es auch nie erfahren. Nur der Name ist uns überliefert. Wir bewahren ihn im Gedächtnis, und wir erinnern uns dunkel eines Goldenen Zeitalters, eines Zeitalters der Freiheit, des Friedens und des Überflusses. Und manchmal weinen wir, weil dies alles längst vorbei ist und nie wiederkommen wird.

Das Zweite Imperium. Dieser Name bedeutet zugleich ein anderes, ein früheres Imperium. Doch von ihm wissen wir überhaupt nichts; nicht einmal mehr einen Namen.

Das Zweite Imperium. Wird es einmal ein Drittes geben? Wir träumen, wir hoffen, aber wir fühlen tief im Innersten, daß die Goldenen Tage vorbei sind, daß wir sie nie wieder zurückrufen können. Das Zweite Imperium ist zerfallen. Seine Trümmer treiben davon, hinaus in die Unendlichkeit.

Wir sind keine Menschen mehr. Wir sind nur Schatten, die einen Schattentanz zelebrieren in unseren schattengrauen Festungen.

Die Goldenen Tage sind dahin ...

I

Ich rannte durch das unendliche Dunkel, allein und voller Angst. Ich hatte Angst, weil ich allein war, und ich war allein, weil ich Angst hatte. Ich war verletzt, aber ich wußte nicht, wo. Ich konnte die Wunde nicht finden, weil ich weiterrennen mußte. Ich konnte nicht anhalten, weil ich Angst hatte.

Hinter mir trappelten Füße, jagten mich durch einen unsichtbaren Tunnel. Die Füße liefen leicht und fast geräuschlos, denn sie waren an keinen Körper gebunden. Der Tunnel war schwarz, er hatte — wie ich — weder Zeit noch Raum.

Das schlimmste war die Stille, diese absolute Stille. Sie hüllte mich ein wie die Dunkelheit, aber sie war noch schwerer zu ertragen als die Dunkelheit, weil mein verzweifelter Wunsch zu sprechen und zu hören größer war als mein Bedürfnis zu sehen. Wenn ich die Stille durchbrechen konnte, würde auch die Dunkelheit zerfallen, und dann brauchte ich nicht länger zu fliehen. Doch die trappelnden Füße kamen näher, immer näher, trotz der Panik, die mich schneller und schneller durch Dunkelheit und Stille trieb. Diese Füße hatten keinen bleischweren, müden Körper zu tragen. Sie waren körperlos.

Langsam, ganz langsam wurde mir bewußt, wo ich verletzt war. An meiner Hand. Es war die glühende Kohle, die ich darin hielt. Eine neue Welle der Angst schlug über mir zusammen, Angst, vermischt mit Scham, und ich öffnete die Hand und ließ die Kohle fallen. Und das Klappern der Füße hinter mir wurde leiser, verhallte, und die Angst verließ mich. Sie wurde von schmerzender Einsamkeit abgelöst, denn nun war auch der Tunnel verschwunden, und ich war ganz allein. Ich trieb in dieser schwarzen Woge ohne Anker, ohne Verbindung zu etwas, ganz und gar heimatlos.

Mein Verstand wand sich wie ein Wurm durch die Leere und die Stille und die Dunkelheit und suchte nach einem anderen Lebendigen in dieser Unendlichkeit. Aber da war nichts.

Ich erwachte. Meine Hand tastete automatisch nach dem verborgenen Beutel unter meinen Kleidern. Der Kristall war verschwunden, und ich wußte, warum er verschwunden war, und ich erinnerte mich. Ich erinnerte mich, wie die Angst zum erstenmal in meine Welt eingedrungen war ...

Das Echo des liturgischen Gesanges hallte noch in mir wider, als ich das Mädchen durch den durchsichtigen, goldenen Schimmer der BARRIERE eintreten sah. Sie hatte Angst.

... Dein Gott ist hier ...

Angst! Ich erkannte sie sofort, obwohl ich sie bisher nicht gekannt hatte.

Mein ganzes Leben hatte ich in diesem Kloster verbracht. Die Klostermauern waren weit gespannt. Sie umschlossen eine Welt des Friedens. Die Klostermauern waren hoch. Die Qualen der Welt konnten sie nicht überwinden. Hinter den Mauern war ich zufrieden, glücklich darüber, daß meine vorgezeichnete Lebensbahn mich nie nach draußen führen würde.

Ich konnte mich nicht erinnern, jemals draußen gewesen zu sein. Ich erinnerte mich weder an Vater oder Mutter, nicht an ihre Namen, nicht an ihren Tod, wenn sie überhaupt gestorben waren. Die Kirche war mir Vater und Mutter. Außer ihr brauchte ich nichts.

Gemütsbewegungen, die ich kannte, waren wenige und einfach. Da war die machtvolle Frömmigkeit des Abtes, da war Bruder Johns intensive, manchmal fieberhafte Suche nach wissenschaftlicher Wahrheit; da war Pater Koneks selbstvergessene Kontemplation und Pater Michaels gelegentlich auftretender mystischer Wahn. Angst dagegen war hier unbekannt. Wie die anderen seelenzerstörenden Passionen konnte sie die BARRIERE nicht überwinden.

... hinter den Schleiern der Unwissenheit und des Zweifels mußt

du MICH suchen, denn ICH bin hier wie dort, wenn du MICH nur sehen willst . . .

Hier in der Kathedrale war alles ein wenig anders als im Kloster selbst. Bisher hatte ich nur zweimal hier Dienst getan. Die Leute traten in den für sie zugelassenen Teil des Kirchenschiffs, in dem sie die Möglichkeit fanden, mit dem Leben der Kirche Kontakt zu schließen und das zu suchen, was wir in so reichem Maße hatten – Frieden. Sie kamen voller Sorgen durch die BARRIERE, und sie gingen in Frieden, versöhnt mit dem Universum. Von ferne hatte ich ihre Sorgen gespürt, hatte Mitleid mit ihnen gehabt und war erleichtert gewesen, wenn ihre Sorgen von ihnen genommen worden waren.

Doch jetzt wußte ich, daß die Leiden, die ich bisher in meinem Steuerraum wahrgenommen hatte, nichts waren, im Vergleich zu dem, was nun auf mich eindrang. Die Angst hüllte das Mädchen ein wie eine Wolke. Sie griff nach mir mit eiskalten Händen, sprang mich über den Kontrollschirm an, zuckte durch die Steuerhandschuhe in meine Finger . . .

Meine Augen huschten zur Uhr. Ich hatte den Beginn bereits um einige Sekunden verpaßt, zerrte hastig meine rechte Hand frei, kippte einen Schalter, drehte einen Knopf. Der Energieabfall würde deutlich spürbar sein. Wenn der Abt das merkte . . .

Unter mir schwammen Nebelbänke, trieben in Fetzen dahin, und ein Gesicht erschien in den schwarzen Tiefen des Raumes. Es war nur verschwommen sichtbar, und doch füllten es die Andächtigen mit den Details ihrer eigenen Sorgen und Nöte aus. Ich kannte das. Ich war unten gewesen während des Gottesdienstes. Ich hatte gesehen, was sie sahen, hatte gefühlt, was sie fühlten, und in meinem Verstand gehört, was sie hörten.

. . . denn ICH bin Frieden, wo ICH bin, ist Frieden, wo Frieden ist, wirst du MICH finden, den immerwährenden Frieden . . .

Meine Augen kehrten zum Kontrollschirm zurück, zurück zu dem Mädchen. Sie war immer noch da, knapp innerhalb der BARRIERE. Und so sicher ich spürte, daß sie furchtbare Angst hatte, so sicher wußte ich auch, daß sie wunderschön war. Einen Augenblick überlegte ich, ob das eine Versuchung sei. Doch ich ging dem Gedanken nicht weiter nach. Es genügte, daß ich zwanzig war, und sie war schön und hatte Angst.

Sie hielt sich ein wenig abseits von den anderen Leuten da unten. Freigelassene und Sklaven kamen hierher, gelegentlich auch ein leibeigener Pächter, wenn ihn sein Dienst in die Hauptstadt führte. Man nannte diese Kathedrale den Dom der Sklaven. Ich sah viele unter mir, je nach dem Vermögen ihrer Herren ärmlich oder reich gekleidet. Doch jeder trug eine imitierte Halskette aus Gold, Silber oder Eisen ...

Das Mädchen gehörte ganz offensichtlich zur Aristokratie. Ihr Körperbau war zart, ihre Gestalt zierlich. Sie stand schlank, gerade, stolz aufgerichtet. Ihre Haut war nie von langen Sonnentagen unter brennenden Himmeln entzündet worden, hatte nie unter dem Giftstaub der Todeszonen gelitten. Ihr Nacken war nicht durch den Kampf im zähen widerspenstigen Schlamm gebeugt worden. Ihre Kleider waren prächtig, der Umhang aus seidenähnlich gewebtem Plastik mit eingezogenen Metallfäden, der Rock gebauscht über langen, schlanken Beinen.

... nichts und niemand kann in diesen Raum eindringen, der für deine Erleuchtung abgesperrt worden ist, als jene, die MICH und MEINE Geschenke für die Menschheit empfangen wollen ...

Sie atmete stoßweise und hastig. Eine Hand war so fest zur Faust geballt, daß ich das Weiß der Knöchel sehen konnte. Die andere preßte sie mit offener Fläche gegen die Brust, so als ob sie dadurch ihr Zittern unterdrücken könnte. Nun blickte sie über die Schulter zurück durch die BARRIERE. Sie straffte sich. Ihre Brust hob sich unter einem halberstickten, tiefen Atemzug. Dann atmete sie langsam und vorsichtig aus.

... denn hier ist die Zuflucht, die nur den Friedfertigen offen steht, aus welcher Kampf und Streit für immer ausgeschlossen bleiben ...

Ich schaltete um auf den Außenschirm. Draußen standen vier Männer. Sie sahen die breiten, bequemen Stufen der Kirchentreppe hinauf zum Eingang und dem goldenen Schimmer. Sie waren alle gleich gekleidet. Ich kannte diese Uniform nicht. In einer Welt prächtiger Farben trugen sie Schwarz. Der Raumfahrergilde konnten sie nicht angehören. Deren Schwarz der Uniformen ist durch glänzendes Silber aufgehellt. Die vier waren weder Adlige noch Händler noch Söldner.

Ich erschauerte. Sie waren schwarze Schatten an einem bewölkten Tag. Schatten des Bösen. Schatten, wo keine Schatten sein durften.

Plötzlich erinnerte ich mich, wer sie sein mußten. Ein Wanderpriester hatte sie einmal erwähnt, und Pater Konek war tief erschrocken, doch ich hatte gespannt gelauscht.

Sie waren freie Söldner, die nicht die Uniform eines Herrn zu tragen brauchten. Sie waren schlau und gebrauchten ihren Verstand genausogut wie ihre Waffen. Lautlos glitten sie durch die Städte dieser und anderer Welten, führten Aufträge aus, die als geheim und undurchsichtig galten. Sie waren gefährlich wie Giftschlangen und wie Giftschlangen gefürchtet und privilegiert. Niemand legte sich mit ihnen an. Jeder hatte Angst vor ihren Fängen.

Ich entdeckte noch mehr: die unauffälligen Ausbuchtungen unter den Armen, wo sie ihre Waffen trugen, den entspannten, beinahe gelangweilten Gesichtsausdruck. Waren sie wirklich so gleichgültig dem Leben gegenüber, wie jener Priester berichtet hatte? Töteten sie tatsächlich so schnell? Bedeutete Töten ihnen wirklich nichts?

Eines der Gesichter betrachtete ich länger als die anderen. Es war dunkel, kühn und lächelte amüsiert. Zwischen zwei eiskalten, schwarzen Augen sprang eine gewaltige Nase hervor. Doch sie sah trotz ihrer grotesken Form überhaupt nicht komisch aus. Sie war furchteinflößend wie ein Raubvogelschnabel.

Wieder lief es mir kalt den Rücken hinab. Ich schaltete zurück auf den Innenschirm.

... Leben ist Chaos, Leben ist Hunger, Pein, unendliche Mühe, Leben ist Tod — aber der Tod ist das Leben ...

Das Mädchen achtete nicht auf den Gottesdienst. Sie ignorierte das Schauspiel um sich herum, die Worte, die doch in ihr Gemüt ebenso tief eindringen mußten wie in meins. Vielleicht war sie eine Skeptikerin wie so viele Aristokraten, die zwar die Früchte der Kirche ernteten, doch über ihre Lehre spotteten, die ihre Existenz allein deshalb tolerierten, weil sie ihnen nützte, indem sie die Leute friedlich stimmte ...

Tolerierten? Ich erschrak. Das war fast schon Häresie. Meine Gedanken hatten mich an einen gefährlichen Abgrund geführt. Am Boden dieser Schlucht lagen die bleichen Knochen unzähliger unvorsichtiger Denker. Niemand tolerierte die Kirche. Sie war, sie existierte aus ihrer geistigen Kraft. Sie lebte durch die Macht des Glaubens und durch ihre Stärke, die ein Ergebnis dieses Glaubens war.

Wie war dieses Wort in meinen Verstand eingedrungen?

... dein Leben ist Tod. Schenke es jenen, denen die Macht darüber verliehen worden ist, denn es ist nichts. Dein Tod dagegen ist Leben. Es gehört dir und MIR, und du wirst leben, weil dieses Leben MIR gehört ...

Vielleicht hatte die Angst das Mädchen blind und taub für die Botschaft gemacht. Ein Skeptiker konnte die BARRIERE niemals durchschreiten, es sei denn, er suche Asyl. Asyl wurde hier jedem gewährt, der es wünschte. Sie brauchte nie wieder den Schutz der Klostermauern zu verlassen, wenn sie sich ganz jenen Aufgaben hingeben wollte, die die Domäne der Kirche sind, oder wenn sie Frieden wünschte, Frieden und Vergessen, für nun und allezeit. Dann brauchte sie nur noch durch das durchsichtige, blaue PORTAL zu treten, das der BARRIERE ähnlich war. Es befand sich genau unter der OFFENBARUNG.

»Tritt durch das PORTAL«, wünschte ich ihr. »Deine Angst wird verschwinden, du wirst nicht länger zittern.«

Der Wunsch verschwand so schnell, wie er gekommen war. Ein Wissen, dessen Quelle mir unbekannt blieb, flüsterte mir zu, daß der Lebenswille des Mädchens zu groß war, ihr Wunsch nach Ruhe und Frieden dagegen nur äußerst schwach. Sie konnte nicht durch das PORTAL, selbst wenn sie es gewollt hätte.

Und doch wanderte ihr Blick verzweifelt und gehetzt durch die Kirche, so, als suche sie die glatten Mauern und die Bodenplatten nach einem Versteck ab. Unruhig trat sie tiefer in das Kirchenschiff hinein, näherte sich den harten Bänken, in denen

Andächtige knieten. Unentschlossen blieb sie stehen, blickte dann wieder durch den goldenen Vorhang der BARRIERE zurück zu den lässig wachsamen Männern draußen auf der schmutzigen Straße.

Sie konnten nicht eintreten. Doch das Mädchen konnte ebensowenig die Kirche verlassen, ohne ihnen in die Arme zu laufen. Beide Hände, zu Fäusten geballt – die eine etwas größer als die andere –, verkrampfte sie jetzt vor dem Leib. Ihre Schultern fielen nach vorn. Ich wußte plötzlich, daß diese Hände kalt sein mußten. Auch meine waren kalt, trotz der schweren Handschuhe.

... in die Hände MEINER Diener habe ich die Macht gelegt, Wunder in MEINEM Namen zu wirken ...

Schuldbewußt erinnerte ich mich an meine Pflichten. Ich hatte mich erneut ablenken lassen. Die Verantwortlichkeit für den Gottesdienst in der Kathedrale war für einen Akoluthen eine hohe Ehre. Wenn jedoch diese Ablenkungen bemerkt wurden, mußte ich befürchten, daß sich meine Weihe erneut um ein Jahr verschob. Ich war ohnehin schon ein Jahr älter als üblich. Hastig setzte ich die Elektrodenkappe auf und steckte meine Hände wieder in die großen Handschuhe.

Auf der abgedunkelten Plattform hoch über den Andächtigen wurde ich jetzt in der groben, grauen Mönchskutte sichtbar. Und wenn dieses Bild auch eine Illusion war, so war ihr Effekt doch wirklichkeitsgetreu und dreidimensional. Leise und langsam begann die Wundermusik zu erklingen, schwoll während des restlichen Gottesdienstes immer stärker an, bis sie schließlich einen donnernden, triumphierenden und herausfordernden zuversichtlichen Höhepunkt erreichte, von dem sie dann sacht wieder abfiel und in einem gedämpften Segen ausklang.

Die ersten von mir vollzogenen Wunder waren rituell und ohne eigene Inspiration. Mein Abbild auf der Plattform legte seine Hände becherförmig zusammen und ließ daraus eine Blume wachsen. Dann zog ich die Hände weg, und die Blume blieb in der Luft stehen. Noch war sie nur eine Knospe. Doch nun begann sie zu wachsen, zu blühen, ihre Farben leuchteten immer kräftiger und glühten schließlich so hell, daß die Umrisse der Blütenblätter verschwanden. Auf einmal war sie eine Sonne, gelb, nicht weiß wie die uns vertraute. Sie erhellte freundlich eine ganze Familie von Planeten, die das Licht auf ihren Bahnen in der Dunkelheit umkreisten. Dann kam die dritte Welt aus ihrer Reihe langsam näher, und während die Sonne schwächer wurde, wuchs die dritte Welt blaugrün heran, wurde immer lieblicher, bis ihr kugelförmiger Anblick sich abflachte, ausdehnte zu einem flachen Weideland, einer grünen Landschaft voller Frieden und Reichtum.

... meine Geschöpfe zu behüten ...

Wollige, vierbeinige Tiere grasten friedlich auf einem kurzgehaltenen Rasen. Doch ihr Hirte war nicht der übliche Mönch mit Kapuze. Durch eine plötzliche Eingebung ließ ich statt seiner ein Mädchen in weiten, weißen, fließenden Gewändern auftreten. Es war das Mädchen, das sich von seiner Angst in diese asylgewährende Kirche hatte treiben lassen. Es war nun nicht mehr von Angst gequält. Seine klaren Augen blickten ruhig über eine stille Landschaft.

Es wandte sich um und ging den Fuß eines Hügels entlang. Ein großes, weißes Gebäude erhob sich im Hintergrund, gekrönt von einer wunderschönen Halbkugel. Durch einen weiten Torbogen ohne Türen trat das Mädchen in einen riesigen Raum, der mit hohen Regalen beinahe vollgestellt war. In den meisten lagen Stapel von Plastikkästen mit Gedankenbändern, in einigen wenigen standen uralte brüchige Bücher.

... das Wissen zu erhalten ...

Die Vision war so detailliert, weil ich alles so gut kannte. Es waren die historischen Archive. Mönche arbeiteten, hörten und studierten in kleinen, kahlen Nischen entlang den Mauern. Das Mädchen schwebte durch den Raum in einen zweiten dahinter. Dort waren in unendlich langer Reihe großer, durchsichtiger Schreine zahllose Geheimnisse ausgestellt.

... die Geschichte der Menschheit – denn alle Menschen sind eins ...

Dies war das Museum für antike Artefakte, mit seinen Ausstellungen fremdartiger Werkzeuge, Maschinen, Waffen, die restauriert oder nachgebildet hier aus Hunderten von Welten zusammengetragen worden waren. Auch dieser gewaltige Raum lag jetzt hinter uns, und das Mädchen betrat einen dritten.

... *Schönheit* ...

Schönheit. Der Raum strahlte vor Schönheit: Statuen, Gemälde, Lichtmuster, zierliche Schnitzereien, Stoffe, künstliche Stimulanzien für tastende Fingerspitzen, eingefangene natürliche oder künstlich erzeugte Wohlgerüche von seltener Süße oder seltsamer Bitterkeit, ungezählte musikalische Klänge ... Trotz aller dieser Meisterwerke von Tausenden vergessener Genies war das Mädchen das Schönste ... Als es endlich wieder ins Freie trat, war es Nacht. Ein gewaltiger, leuchtender Satellit ließ sein bleiches, silbernes Licht auf das zum juwelengeschmückten emporgerichtete Gesicht hinabfließen.

Die Arme der Schönen breiteten sich aus. Sie umarmte die Himmel mit einer Bewegung, die enge Vertrautheit, ja Verwandtschaft mit dem Universum verriet. Ihr Körper war Liebe, ihr Gesicht Hoffnung, ihre Geste Vereinigung, mystische Einheit, der unendliche Kreis, der alle Existenz einschließt und doch nicht einschränkt. Den ausgestreckten Armen des Mädchens folgend, verschwand das Bild, floh aufwärts in die dichtere Schwärze des Raums, bis sich die Andächtigen einmal mehr Angesicht zu Angesicht mit ihrem Gott wiederfanden.

... *den Schutz aller dieser Dinge habe ich MEINEN Dienern anvertraut. Sie sollen sie für die Menschheit bewahren, denn sie enthalten die Suche des Menschen nach ewiger Wahrheit* ...

Mein Werk war getan. Erst jetzt wurde mir klar, was ich gemacht hatte. Das grenzte an Rebellion, und ich wollte gar nicht rebellieren. Ich war glücklich. Ich war sicher. Ich war einem Leben geweiht, in dem ich jegliche Erfüllung finden konnte. Rebellion? Wogegen sollte ich denn rebellieren? Und dann sah ich wieder das Mädchen auf dem Schirm, und ich wußte es.

Nicht Leben, sondern LEBEN. Wollte ich dieses Leben, das nahezu seelenlose Menschen in die Kathedrale trieb, damit sie hier für einen kurzen Augenblick geistlosen Frieden fanden? War es dieses Leben, das ein Mädchen angstgepeitscht in ein flüchtiges Asyl getrieben hatte? Und plötzlich erkannte ich, daß es eine größere Pflicht gibt, eine größere Erfüllung als den Gehorsam ohne Nachdenken.

Durch die Vision hatte ich dem Mädchen etwas gegeben – wohl eine Art wortloser Botschaft von Schönheit und Hoffnung und Glaube und – und Liebe. Es kniete jetzt in der letzten Bank, das Gesicht noch immer der OFFENBARUNG zugewandt. Unter leichtem Lächeln glitzerten ungeweinte Tränen in seinen Augen. Ich war glücklich. Welchen Preis ich auch immer bezahlen mußte, ich wußte, daß keine Reue jemals die Erinnerung an sein Gesicht oder an das warme, süße Gefühl einer Liebe auslöschen konnte, die geschenkt worden war, ohne daß sie Erwiderung verlangte.

... nur wer sucht, findet, nur wer gibt, dem wird gegeben ...

Langsam stand das Mädchen auf. Frei von Angst schritt es in den Vorderteil der Kathedrale, geradewegs auf die OFFENBARUNG zu. Es hielt eine Hand über die Opferplatte, als sei es für einen Augenblick in tiefes Nachdenken versunken. Doch seine Entscheidung war bereits gefallen. Die Faust, nicht länger verkrampft, öffnete sich. Das Opfer fiel auf die Platte – verschwand –, blinkte noch einen Moment kurz auf, ehe es den Boden berührte.

Das Mädchen wandte sich ab und ging den Weg zurück, den es gekommen war. Sein Schritt war jetzt sorglos, straff die Schultern, als ginge es zu einer jener fröhlichen, improvisierten Parties, zu der junge Leute in der schönen Jahreszeit einluden. Draußen warteten die Männer wie böse, schwarze Schatten. Das Mädchen zögerte nicht.

Oben im Kontrollraum kämpfte ich mit einem Impuls. Es gab nur zwei Ausgänge aus der Kathedrale – die BARRIERE und das PORTAL. Ich hatte früher schon darüber nachgedacht, ob es nicht noch einen dritten geben könnte, und mir war dabei ein Gedanke gekommen. Nur hatte ich bisher nie gewagt, es auszuprobieren. Und wenn ich mich jetzt noch einmal einmischte? Der Abt würde mir nie verzeihen. Aber was sollte ich mit der Bedrängten tun? Wie sollte ich ihr helfen?

Vielleicht hätte dieses Gefühl mich noch besiegt. Doch sie stand schon an der BARRIERE und sah sich um. Einen flüchtigen Augenblick lang schienen ihre blauen Augen genau in meine zu blicken, so, als ob sie mein häßliches Gesicht sähe und als ob sie es trotzdem mochte. Ihre Lippen bewegten sich zu einer wortlosen Bitte. Ich beugte mich vor, als würde ich sie dadurch verstehen, und in diesem Augenblick, noch ehe ich etwas tun konnte, wandte sie sich ab und trat durch die BARRIERE hindurch. Damit war sie meinem Einfluß entzogen.

Die vier Schatten bewegten sich geschmeidig über die staubige Straße. Ihre Lässigkeit verbarg ein geschickt aufgezogenes Kesseltreiben, das jede Möglichkeit des Entkommens ausschloß. Die folgende Szene prägte sich unauslöschlich in mein Gedächtnis ein. Vor dem Hintergrund der Slums, von denen die Kathedrale umgeben war, vor einem verfallenen Mietshaus, einem verlassenen und verrotteten Warenhaus und einem Buchladen mit fast neuer Fassade blieb sie lächelnd und wartend stehen.

Eine großkalibrige Pistole erschien in der Hand des Dunklen. Sie sagte etwas zu ihm. Er antwortete lächelnd. Die vorbeigehenden Freigelassenen und Sklaven wandten ihre Augen ab und hasteten weiter, so, als könnten sie Böses durch Ignorieren verhindern. Ich saß wie festgenagelt in quälender Erwartung an meinem Kontrollpult.

Und dann schnitt dort unten auf der Straße der Dunkle dem Mädchen die Füße oberhalb der Knöchel ab. Mit einem dünnen Flammenstrahl seiner Pistole sengte er sie ab, ganz beiläufig, routiniert, freundlich lächelnd, als winke er einem Bekannten.

Blut floß auf das schmutzige Pflaster. Noch ehe die Verstümmelte fallen konnte, hatten zwei der Männer sie von beiden Seiten untergefaßt. Sie lächelte zu dem Dunklen auf, spöttisch und erleichtert, und fiel in Ohnmacht.

Mir war sterbenselend. Das letzte, was ich sah, waren die beiden schlanken weißen Füße, die noch immer auf dem Pflaster standen. Das letzte, was ich hörte, waren der gedämpfte Klang des Segens und das Flüstern der Liturgie ...

... es gibt ein Wort für die Menschheit, nur ein einziges Wort, und dieses Wort ist – wähle ...

II

Ich hob die Hand, um an die Tür des Abts zu klopfen, zögerte, ließ sie wieder fallen. Ich versuchte klar zu denken. Doch das Denken fiel mir schwer. Das fürchterliche Erlebnis hatte meinem Körper jede Kraft entzogen und meinen Verstand verwirrt.

Unser Klosterleben verlief seit Jahrhunderten nach der gleichen Routine: um fünf Uhr Aufstehen und Niederknien zum Morgengebet neben dem Bett; zehn Minuten für jedes schweigsame Mahl, sechs Stunden Gebet und Meditation; sechs Stunden Dienst im Kloster, in der Kirche oder an der BARRIERE; sechs Stunden Studien, Forschung, Übung, Abendgebet, Schlafen. Das war mein Leben.

Meine Hand tastete nach dem Beutel an dem Gürtel unter meiner Kutte, wühlte zwischen den wenigen persönlichen Habseligkeiten und fand ihn. Er war immer noch da. Meine Finger kannten nun schon das glatte Gefühl des Kristallkiesels, den ich im Kollektebehälter unter der Opferplatte gefunden hatte, wo er dunkel zwischen kleinen Münzen glühte. Ich holte ihn noch einmal heraus, um ihn anzuschauen. Er war eiförmig, etwas kleiner als ein Hühnerei. Er war wasserklar, ungeschliffen und ungraviert. Nichts in ihm oder an ihm störte seine vollkommene Transparenz. Nichts beeinträchtigte seine glatte Oberfläche. Nichts gab einen Hinweis auf seine Bedeutung – wenn er überhaupt eine hatte.

Und für ihn hatte ein Mädchen die Angst kennengelernt. Dafür hatte es Asyl gesucht, und als es ihn übergeben hatte, blind, vertrauensvoll, war es – dafür? – natürlich dafür! – aber warum dafür? – hinaus auf die schmutzige Straße getreten und hatte dort lächelnd sein Schicksal erwartet.

Ich atmete schwer, als ich daran dachte, und aus meiner Kehle drang ein nie gekanntes Schluchzen.

Wieder stellte ich mir die Frage: Was kann ich tun? Ich war nicht klug. Ich wußte nichts von dem, was in der Welt draußen geschah. Zweifelte ich an der Grausamkeit des Lebens, an der Weisheit der Kirche? Ich unterdrückte die Zweifel, begrub sie tief und verwischte auch noch die Spuren an der Stelle, wo sie aufgetaucht waren. Der Abt war freundlich und gut und weise. Das stand über allem Zweifel.

Zaghaft klopfte ich.

»Tritt ein«, ertönte die tiefe, gütige, sonore Stimme des Abtes.

Ich öffnete die Tür und blieb auf der Schwelle stehen. Der Abt war nicht allein.

Er saß in seinem tiefen Lehnsessel, dem einzigen Zugeständnis an sein Alter und an sein weißes Haar, in einem Raum, der im übrigen ebenso nackt und einfach möbliert war wie meine eigene kleine Zelle. Neben ihm stand einer der jüngeren Akoluthen. Er war fast noch ein Kind mit seinen feinen, goldenen Haaren, seinen roten Lippen und seiner glatten, weichen Haut. Zwei rote Flecken brannten auf seinen Wangen.

»William Dane, Vater«, stieß ich hervor. »Akoluth. Ich wollte dich sprechen ... in einer persönlichen Angelegenheit.«

In dem mächtigen Gesicht des Abtes bewegte sich eine weiße Augenbraue aufwärts. Das war alles. Die psychische Kraft seiner Frömmigkeit schien den kleinen Raum zu füllen, schien ihn von dem schäbigen Lehnsessel aus zu beherrschen, schien sich von dort aus in unwiderstehlichen Wellen auszubreiten. Zurück zu ihm floß meine automatische Antwort: die Liebe, die ihn als meinen wahren Vater erkannte, den Vater meiner Seele, wer auch sonst immer für den Zufall meines Lebens verantwortlich sein mochte.

Zweifel? Hatte ich je gezweifelt?

»Warte im Innenraum«, sagte er zu dem Jungen. »Wir werden unser Gespräch später fortsetzen.«

Der Junge öffnete die innere Tür einen Spalt weit und schlüpfte hindurch. Der Abt saß ruhig, geduldig und blickte mich mit seinen allwissenden braunen Augen an. Ich dachte einen Augenblick, daß er schon wußte, was mich hierher getrieben hatte.

»Vater«, sagte ich atemlos. »Was soll ein Akoluth tun, wenn er – Zweifel hat? An der Welt – und ihrer Gerechtigkeit? Ich komme gerade aus der Kathedrale und . . .«

»Hast du dort das erste Mal den Gottesdienst geleitet?«

»Nein, Vater. Ich habe vorher schon zweimal im Steuerraum gedient.«

»Und du bist dort jedesmal bedrängt worden? Zweifel sind in deinem Verstand aufgestanden?«

»Ja, Vater. Aber heute war es schlimmer.«

»Ich vermute, das sind die Wunder«, sagte er nachdenklich und wie zu sich selbst. »Die Leute akzeptieren die Wunder als lebendigen Beweis für die Existenz ihres Gottes und für sein fortwährendes Interesse an ihrem Wohlergehen und am Zustand ihrer Seelen. Und das Wissen, daß diese Wunder in Wirklichkeit nur Illusionen sind, die durch die trainierten Gedanken eines Operators mit Hilfe einiger Knöpfe und Geräte produziert werden – dieses Wissen beeinträchtigt deinen Glauben.«

»Ja, Vater, aber . . .«

»Aber weißt du, wie diese Illusionen produziert werden? Kannst du die Kräfte nennen, die ein dreidimensionales Abbild so täuschend ähnlich erschaffen, daß man erst mit einer Hand hineingreifen muß, um es als Illusion zu erkennen, ein Abbild dessen, das nur im Gehirn des Operators existiert? Weißt du, wie Gedanken von einem Verstand auf den anderen übertragen werden, wie Materie trotz aller Wände von einem Ort zum anderen geschafft werden kann, wie die BARRIERE und das PORTAL funktionieren, wie sie nur diejenigen einlassen, die in Not sind und denen wir in dieser Not helfen können, während sie für alle anderen undurchdringlich sind?«

Ich zögerte. »Nein, Vater.«

»Ich weiß es auch nicht«, sagte der Abt sanft. »Niemand auf dieser Welt weiß es und niemand auf einer der anderen Welten. Wenn eine dieser Maschinen defekt wird, können wir sie manchmal reparieren, manchmal aber nicht. Denn wir wissen nichts von den Kräften, die sie in sich bergen. Ich könnte dir nun sagen, daß dies für sich genommen schon ein Wunder ist. Daß wir diese fremden göttlichen Kräfte benutzen können, um die BOTSCHAFT unter den Menschen zu verbreiten, ohne etwas über ihren Ursprung zu wissen, ist ein Geschenk Gottes. Uns ist die Verwaltung eines kleinen Teils SEINER göttlichen Allmacht übertragen worden. Wenn ich dir sagen würde, daß ER die Kraft ist, aus der wir die Wunder wirken, die wir dem Volk zeigen, dann wäre das wahr.«

»Ja, Vater.«

Seine Augen studierten mein Gesicht. »Doch das wäre kasuistisch. Solche Argumente will ich nicht verwenden, um deine Zweifel zu beseitigen; denn die Maschinen, die wir in der Kirche verwenden, sind Menschenwerk, allerdings das Werk göttlich erleuchteter Menschen. Du hast die Archive studiert. Du weißt, daß wir dort noch immer gelegentlich Pläne entdecken, die von unseren wissenschaftlich ausgebildeten Laienbrüdern dechiffriert werden. Aus diesen Plänen zeichnen sie Vorlagen, nach denen unsere Handwerker und Ingenieure neue Maschinen und Werkzeuge herstellen. Daraus folgt für mich, daß die Menschen früher einmal klüger und mächtiger gewesen sind als heute. Doch, wenn wir in unserer Arbeit fortfahren und an unserem Glauben festhalten, werden wir vielleicht eines Tages auch die Kräfte verstehen lernen, deren wir uns heute unwissend bedienen.«

»Ich habe solche Gedanken gehabt, Vater.«

Der Abt warf mir einen schlauen Blick zu und nickte. »Es gibt noch eine weitere Erklärung, die ich dir noch nicht genannt habe. Gewöhnlich erhalten sie nur die Geweihten, doch auch das kommt nur äußerst selten vor.«

Ich wurde rot, weil ich mich geschmeichelt fühlte. »Wenn da irgend etwas ist, das ich nicht . . .«

Er brachte mich mit einem Wink seiner kräftigen, weißen Hand zum Schweigen. »Diese Entscheidung, William«, sagte er väterlich, »liegt ganz allein bei mir. Sie wurde mir vom Bischof übertragen und diesem wiederum vom Erzbischof selbst. Deine Not ist groß. Doch gerade deshalb und wegen deiner Zweifel wirst du für uns und für den Glauben sehr wertvoll sein. Andere, die leichter zufriedenzustellen sind, geben sich auch damit zufrieden, nur Geringes zu tun und gering zu sein. Du dagegen wirst eines Tages Abt werden, dessen bin ich sicher, oder sogar ...«, er lächelte demütig ... »noch sehr viel höher steigen in der Hierarchie. Vielleicht bis zum Erzbischof, obwohl in der ganzen Galaxis nur ein einziger Mensch Erzbischof sein kann.«

»Nein, nein, Vater«, widersprach ich. »Ich habe keinen Ehrgeiz ...«

»Vielleicht nicht. Doch die Vorsehung wird dich auswählen. Denke immer daran. Die Leute – die Sklaven, die Leibeigenen, Bauern, die Freigelassenen, die Söldner, die Händler, ja selbst die Aristokraten – leben in einer Welt des Chaos. Täglich stürmen zahllose Eindrücke auf sie ein, täglich werden sie von tausend Zweifeln an der Weisheit Gottes heimgesucht. Ihr Leben ist hart, oft genug bitter, und es wäre keine Überraschung, wenn eine einfache Botschaft des Glaubens bei ihnen keine Antwort fände. Die Masse der Leute verlangt Beweise, immer wieder neue Beweise der Gegenwart GOTTES und SEINER Macht. Ist es Betrug, ihnen in ihrer Not zu helfen? Nein. Es ist Liebe.«

»Ich begreife, Vater.«

»Wir dagegen leben hier im Kloster. Es schützt uns vor dem Chaos und bewahrt uns vor uns selbst. Die Kirche hat uns dafür, daß wir auf das weltliche Leben verzichten, damit beschenkt, daß wir keine Wunder brauchen, um unseren Glauben zu stützen. Im Falle der besonders Auserwählten – in deinem Fall, William – haben wir auch besondere Verpflichtungen. Es ist unser Recht und unsere Pflicht, uns über das Wissen zu erheben, daß die Mittel, mit deren Hilfe wir die BOTSCHAFT verbreiten, physikalisch gesehen Illusionen sind. Je schärfer die Zweifel sind, um so stärker muß auch der Glaube sein. Das ist die Herausforderung an dich, William, zu sehen und doch zu glauben, deine Augen nicht nur halb, sondern ganz zu öffnen, so daß die göttliche Wahrheit nackt und rein in dich eindringen kann. Wenn du das kannst, William, glaube mir, wird dein Lohn groß sein, größer, als du es dir je vorstellen kannst.«

Ich sank auf die Knie und küßte ergriffen den Saum seiner groben grauen Kutte. »Ich kann, Vater, ich kann.«

»Gott schütze dich, mein Sohn«, sagte der Abt mit belegter Stimme und zeichnete segnend den mystischen Kreis in die Luft über mir.

Gereinigt, erleuchtet, wollte ich mich erheben, als – schrecklich, fürchterlich – die Erinnerungen erneut über mir zusammenschlugen und die Glut der Erleuchtung löschten. Zwei kleine weiße Füße tauchten vor meinen Augen auf. Sie ließen meine Begeisterung und meinen Frieden mit mir selbst zu Staub zerfallen.

Bewahre deinen Glauben, befahl ich mir selbst. Ich zitterte wieder, doch diesmal nicht unter göttlicher Erleuchtung. Bewahre dir diesen Stand der Unschuld und der Kraft, des Wissens und der Begeisterung! Mein Gesicht wurde bleich. Auf meine Stirn trat Schweiß. Laß mich nicht wieder zweifeln!

»Vater«, sagte ich, und meine Stimme, die ich wie von weit entfernt hörte, war dumpf und tonlos in der Erinnerung an das erlebte Böse, »heute nachmittag – in der Kathedrale – ein Mädchen trat ein . . .«

»War es hübsch?« fragte der Abt freundlich.

»Ja, Vater.«

»Die Lüste des Fleisches sind uns untersagt, William, weil unser Geist so schwach ist. Doch wenn wir jung sind – ein Seufzer oder zwei sind dann zwar auch eine Sünde – aber keine schwere. Der Erzbischof selbst . . .«

»Das Mädchen hatte Angst . . .«

»Angst . . .?«

»Ich habe das erste Mal ein Mitglied der Aristokratie aus solcher Nähe gesehen . . .«

»Adelige und Angst«, murmelte der Abt und beugte sich aus seinem Lehnsessel vor. Mit einer deutlich sichtbaren Anstrengung entspannte er sich dann aber wieder und sagte: »Erzähl weiter, William.«

»Männer verfolgten sie.« Meine Stimme war noch immer wie tot. »Es waren vier. Sie warteten auf der Straße, jenseits der BARRIERE. Söldner, in schwarzen Uniformen. Vor ihnen hatte sie Angst.«

»Freie Agenten . . . weiter.«

»Sie warteten, bis sie herauskam, bis sie auf das Asyl des Klosters verzichtete. Noch vor dem Ende des Gottesdienstes kam sie nach vorn, ließ ein Opfer auf die Platte fallen und ging hinaus. Sie trat durch die BARRIERE auf die Männer zu, und sie schnitten ihr die Füße ab.«

Der Abt nickte langsam, ohne Überraschung. »Dies geschieht häufig, soviel ich weiß. Man macht es aus psychologischen wie aus praktischen Gründen.«

Ich berichtete weiter. Meine Stimme wurde wieder lebendig, angefeuert durch die Erinnerung an die Schrecken. »Sie lächelten, als sie es taten. Wie kann die Welt so böse sein? Sie lächelten, und niemand achtete darauf, und sie schnitten ihr die Füße ab.«

»Zweifellos hatte sie ein Verbrechen begangen.«

»Verbrechen?« fragte ich und hob das erste Mal den Kopf. »Welches Verbrechen könnte sie begangen haben?«

Der Abt seufzte. »Die Barone und der Kaiser sehen viele Dinge als Verbrechen an . . .«

»Welches Verbrechen«, widersprach ich, »könnte eine derartige Verstümmelung rechtfertigen? Sie wußten doch überhaupt nicht sicher, ob sie schuldig war. Sie hatten sie vor kein Gericht gebracht. Sie hatten sie nicht einmal gefragt, ob sie etwas zu ihrer Verteidigung sagen könne. Wenn ihr jetzt dies schon widerfuhr, was werden sie später mit ihr machen?«

»In der vergänglichen Welt«, sagte der Abt traurig, »ist die Gerechtigkeit hart und nur selten von Erbarmen bestimmt. Wenn ein Mann stiehlt, hackt man ihm die Hand ab. Viele der geringen Delikte werden sogar mit dem Tode bestraft. Doch es scheint, als habe sich dieses Mädchen des Verrates schuldig gemacht.«

»Die Wunder sind Illusionen«, bemerkte ich bitter. »Doch diese Dinge sind Wirklichkeit. Schmerz, Hunger, Gewalt, Ungerechtigkeit, Brutalität. Allein hier im Kloster gibt es Sicherheit und Schutz. Und ich verstecke mich hier vor der Welt.«

»Dies«, sagte der Abt jetzt streng, »ist kein Mitleid. Dies ist Perversion, beinahe Häresie. Lösch dies aus, mein Sohn! Reiß es aus deinem Verstand, peitsche es davon mit der Geißel deines Glaubens! Hier auf Brancusi hat GOTT den Baronen und dem

Kaiser die vergängliche Macht übertragen. ER hat ihnen auch das Recht auf Jurisdiktion und das Leben ihrer Untertanen in die Hand gegeben. Wenn sie ungerecht und grausam sind, sollten wir *sie* bedauern und nicht ihre Vasallen und Leibeigenen. Denn die Herrscher schließen sich damit selbst aus GOTTES ewigem Frieden aus. Natürlich sollen wir Mitleid haben mit den vergänglichen Leiden der Menschen. Doch wir dürfen nie vergessen, daß das physische Leben eine noch viel größere Illusion ist, als es diejenigen sind, die wir in unseren Kirchen erzeugen. Nur der Tod ist das wahre und ewige Leben.«

»Ja, Vater, aber . . .«

Der Abt sah zu Boden. Als er sich wieder aufrichtete, war sein Gesichtsausdruck unbewegt. »Du sagtest, daß sie etwas geopfert hat. Was war das?«

Ich zögerte. Dann antwortete ich hastig: »Ich weiß es nicht, Vater.«

»Du hast nicht nachgeschaut?«

»In der Aufregung habe ich nicht daran gedacht.«

»Du bist ganz sicher, daß du es nicht bei dir hast?« fragte der Abt freundlich.

Ich beherrschte mich jetzt vollkommen. »Ja, Vater.«

»Was es auch immer ist, William, es muß den weltlichen Autoritäten übergeben werden. Sein Wert, wenn es irgendeinen Wert hat, ist nichts für uns. Und außerdem, ganz praktisch gesehen, wir sollten nie die Feindschaft der vergänglichen Mächte erregen. Wir leben in Frieden nebeneinander, weil unsere Ziele einander nicht behindern. Im Gegenteil. Sie ergänzen einander. Unsere physischen Mittel, ja selbst unsere geistige Macht könnten nicht stark genug sein, um uns vor einem Angriff feindlicher irdischer Kräfte zu schützen. Die Kirche muß immer an ihre Zukunft denken.«

Toleriert, dachte ich plötzlich. »Aber sie hat es doch geopfert . . .«

»Sie opferte nichts«, unterbrach der Abt mich scharf. »Was immer sie auch hatte. Es gehörte ihr nicht, sonst wäre sie nicht verfolgt worden. Ihr persönliches Leiden war das Ergebnis ihrer Missetaten. Missetaten, von denen sie zweifellos zu profitieren versucht hatte.«

»Ja, Vater«, sagte ich zögernd.

Der Abt erhob sich langsam. Er war ein mächtiger Mann, so groß wie ich, aber viel schwerer. Seine kraftvolle Persönlichkeit hüllte mich wie ein bleierner Umhang ein.

»Geh und hole es«, befahl er. »Bring es mir, damit ich es seinen Eigentümern zurückgeben kann.«

»Ja, Vater«, sagte ich schwach. Ungehorsam war in einem solchen Augenblick undenkbar. Ich hatte nie zuvor gelogen. Warum hatte ich es jetzt getan? Und der Abt wußte es. Er glaubte mir nicht.

Ich ging hinaus und zog leise die Tür zu.

Danach lief ich stundenlang durch die Gänge des Klosters. Wenn ich zurückging und dem Abt erklärte, daß ich den Gegenstand nicht gefunden hatte . . . Er würde es mir nicht glauben.

Ich beschloß, den Kristall zurückzugeben. Ich beschloß es mehrmals. Einmal stand ich bereits an der Tür zur Zelle des Abtes. Doch ich klopfte nicht an. Merkwürdigerweise, wunderbarerweise hatte das Mädchen sich mir anvertraut. Es wußte von mir nichts als das Wunder, das ich für es gewirkt hatte. Doch dies hatte ihm genügt. Blind hatte es sich mir anvertraut. Durfte ich dieses Vertrauen verraten?

Schließlich wollte ich entmutigt, müde und ohne Lösung meine Zelle aufsuchen. Als ich mich dem vertrauten Türbogen näherte, sah ich einen Mönch daraus hervortreten. Ihm folgten drei andere.

Ich muß mich verlaufen haben, dachte ich erstaunt. Doch sogleich wußte ich, daß ich keinen Fehler gemacht hatte.

Meine Kapuze trug ich ohnehin schon tief in die Stirn gezogen, so daß mein Gesicht im Schatten lag. Ich zog sie noch etwas tiefer. Der erste Mönch blickte auf. Einen Augenblick lang schwankte ich, als ich erkannte, daß die grobe graue Kutte weder einen Mönch noch einen Akoluthen verbarg.

In meine Richtung blickte mit harten, kühnen Augen der dunkle Mann, der vor der Kathedrale auf das Mädchen gewartet und der ihm die Füße abgeschnitten hatte.

III

Verraten!

Das Wort explodierte in meinem Gehirn.

Verraten! An diese Männer, die töteten und verstümmelten ...

Warum? Weil ich das gesehen hatte ... Nein. Es gab keinen anderen Grund als diesen einen ... Der Kristall. Er lag in dem Beutel unter meiner Kutte wie eine glühende Kohle. Ich war verrückt gewesen, ihn bei mir zu behalten ... Jemand wollte ihn, wollte ihn um jeden Preis. Er hatte diese Mörder angeheuert ... weil er ihn haben wollte ... oder zurückhaben ...

Verraten ... aber von wem?

Ich dachte automatisch an den jungen Akoluthen, den ich beim Abt getroffen hatte. Er konnte eine Botschaft nach draußen gegeben haben, daß der Kristall hier war, daß ein Akoluth namens Dane wußte, wo er sich befand. Aber ... mein Verstand schien stillzustehen ... er konnte sie ja gar nicht eingelassen haben. Er mußte Helfer haben, erfahrene Helfer, die wußten, wie die BARRIERE geöffnet wird. Er mußte ihnen ja auch die Kutten verschafft haben, mußte ihnen den Weg gewiesen haben. Das konnte dieser Junge nicht getan haben.

Das bedeutete ... der zweite Schock ließ mich beinahe schwindelig werden ... das bedeutete eine Organisation. Hier im Kloster mußte es Männer geben, die man kaufen konnte, wie Söldner, denen Schwüre, Gelübde und Weihen nichts bedeuteten. Hier gab es eine Organisation, die die Kirche und ihre Schutzeinrichtungen an die weltlichen Mächte verriet. Und dagegen – Gott helfe der Kirche – konnte ich nichts tun. Meine eigene Lage war ja im Augenblick noch viel gefährlicher.

Die Gruppe der falschen Mönche stand flüsternd und unentschlossen vor meiner Tür. Ich konnte nicht zurück. Damit hätte ich sofort ihren Verdacht erregt. Das einzige, was ich tun konnte, war, gelassen weiter zu gehen und zu hoffen, daß sie mich nicht anhalten würden, daß sie mir nicht ins Gesicht blicken würden, und wenn sie es täten, daß sie mich ja nicht vom Ansehen her kannten. Ich mußte diese scharfäugigen Meister aller Tricks austricksen. Wenn ich verlor, verlor ich mein Leben.

»Dane«, sagte der Dunkle mit einer Stimme, die so weich war wie eine Katzenpfote, ehe sie ihre nadelspitzen Krallen ausstreckt. »Dane, der Akoluth.«

Mein Herzschlag stockte, setzte wieder ein. Das war nur eine Frage gewesen. Sie wußten nicht, daß sie genau vor meiner Zelle standen, oder waren sich dessen nicht sicher. Ich wandte mich ihnen gemessen zu, hielt aber mein Gesicht im Schatten der Kapuze und zeigte auf den zweiten Torbogen hinter mir den Gang hinunter. Langsam wandte ich mich wieder ab und schritt weiter den Korridor hinauf.

Das gemessene Schreiten bereitete mir physische Schmerzen. Ein wildes Rennen wäre jetzt eine wahre Erlösung gewesen. Doch ich wußte, daß ich weder schneller gehen noch mich umsehen durfte. Mir blieben einige Sekunden, ehe sie entdeckten, daß auch diese Zelle leer war. Ich durfte sie nicht vergeuden.

Der nächste Quergang war noch zwanzig Schritte entfernt. Ich hatte nicht gewagt, sie weiterzuschicken. Sie wären sonst mißtrauisch geworden. Fünfzehn. Ich hielt den Atem an. Zehn. Vielleicht schaffte ich es.

»Mönch!« Einer von ihnen rief mich. Es war nicht der Dunkle. Ich ging wie taub weiter. Noch fünf Schritte, vier, drei, zwei.

»Dane!« kam jetzt die samtweiche Stimme.

Ich warf mich um die Ecke. Ein dünner, hellblauer Blitzstrahl zischte an mir vorbei und zerschnitt die Dunkelheit. Ich fühlte, wie sich meine Haare unter der Kapuze sträubten. Und ich hob meine Kutte und rannte los, hörte hinter mir ein dumpfes klatschendes Geräusch, einen gedämpften Fluch und dann das Trappeln rennender, stolpernder Füße.

Die Stunden, die ich bei sportlichem Training verbracht hatte, waren nicht umsonst gewesen. Ich dankte Gott jetzt dafür. Trotz meiner Müdigkeit – rennen konnte ich.

Die Männer hinter mir wurden durch die für sie ungewohnten langen Kutten behindert und durch die ihnen unbekannten Korridore und Gänge verwirrt. Und ich rannte.

Ein Korridor zweigte ab. Ich folgte ihm. An einem Kreuzweg schlug ich einen neuen Haken. Ich konnte sie kurz abschütteln. Das Kloster war während der Jahrhunderte gewachsen, planlos je nach Bedarf erweitert worden, bis es schließlich mehrere Blöcke umfaßte und einem Irrgarten glich. Das Klapp-Klapp der Füße folgte mir, wohin auch immer ich mich wandte. Ich entkam ihnen nicht. Sie waren ausdauernder als ich.

Sie folgten unaufhaltsam. Die Luft in meinen Lungen begann zu brennen. Das Blut klopfte mir hoch im Hals. Ich lief wie betäubt, wie auf Watte. Zwei Füße, dachte ich halb wahnsinnig vor Angst. Nur zwei. Die Füße des Mädchens verfolgten mich. Nur die Füße. Abgeschnitten oberhalb des Knöchels. Sie kommen und wollen den Kristall ...

Einen Augenblick lang überlegte ich, daß ich den Kristall hinter mich werfen könnte, so wie der Raumfahrer in der Legende, der aus dem Rettungsboot sein eigenes Kind hinauswarf, um dadurch einer ihn verfolgenden Raumbestie zu entkommen. Die Füße würden dann anhalten, zufrieden sein, mich entkommen lassen.

Doch die Hoffnung schwand. Die Füße waren auf einmal wieder viele, schwer und unerbittlich.

Nach draußen? Konnte ich raus? Ich erschauerte. Draußen war ich verloren. In meiner Kutte, ohne Geld und vor allem – was am schlimmsten war – ohne Wissen, fast ohne Wissen über das, was draußen vorging, war ich für meine Verfolger eine leichte Beute.

Draußen war ich hilflos ...

Vor mir lag jetzt die Kathedrale. In ihrem Steuerraum gab es Kräfte, von denen diese Männer noch nicht einmal geträumt hatten. Ich brauchte dafür nur einen größeren Vorsprung ...

Ich spurtete los. Dieses Tempo konnte ich nur einige Sekunden durchhalten, doch diese Sekunden waren kostbar. Als das blaue PORTAL vor mir erglühte, war das Klapp-Klapp der Verfolger hinter dem Stampfen meiner eigenen Füße verschwunden. Einen

Moment hielt ich vor der scheinbar fugenlosen Wand des Korridors, dann glitt ein Teil der Täfelung unter dem Druck meiner Hand zu Seite. Noch ehe der Spalt halb geöffnet war, schlüpfte ich hindurch und schob die Geheimtür wieder zurück auf ihren Platz.

Atemlos raste ich die Stufen zum Steuerraum hinauf. Ich ließ mich ausgepumpt in den Sessel vor dem Kontrollpult fallen, schaltete den Energieknopf ein, setzte sorgsam die Elektrodenkappe auf und steckte meine Hände in die schweren metallenen Handschuhe. Der Schirm wurde grau, heller, flackerte und wurde endlich klar. Die Kirche war leer, wie immer um diese Zeit. Plötzlich aber durchbrachen ein, zwei, drei, alle vier als Mönche verkleideten Männer den blauen Vorhang des PORTALS – und waren in der Falle ...

Eine Woge wilden Wahnsinns schlug über mir zusammen. Zum erstenmal in meinem Leben erfuhr ich das Gefühl der Macht. Ich spürte sie in den Fingerspitzen klopfen, in Wellen durch meinen Körper dringen; mein Gehirn schwoll zu gewaltiger Größe. Mir gehörte die Macht. Ich war jetzt Gott. Mein waren Leben und Tod.

Das PORTAL war nur in einer Richtung passierbar. Sie hatten es durchquert, und sie konnten jetzt nicht mehr zurück. Bei der BARRIERE verhielt es sich anders; sie öffnete sich zur Straße hin. Ein Knopfdruck kehrte ihr Feld um. Jetzt konnten die vier nicht mehr entkommen.

Während der Verfolgungsjagd hatten sie die Kutten abgeworfen. Sie waren jetzt wieder schwarze Schatten, schwarze Schatten in eng anliegenden Hosen, Hemden und Jacken mit schweren, todbringenden Pistolen in den Händen. Drei von ihnen suchten außer sich vor Wut zwischen den Kniebänken nach dem so plötzlich verschwundenen Flüchtling. Der vierte, der Dunkle, stand mitten im Kirchenschiff, einen sonderbaren Zug verzerrter Amüsiertheit um die Lippen.

Nach vergeblichem Suchen blickten die drei zurück in den Vorderteil der Kathedrale. Dort stand ich ihnen gegenüber, eine riesige, von einer Kapuze verhüllte Figur in einer rauhen, grauen

Kutte, ein furchteinflößender Schatten, der ihnen nun einen langen Arm anklagend entgegenstreckte.

»Verlaßt dieses Gotteshaus«, flüsterte es in ihren Hirnen. »Mörderisches Ungeziefer! Folternde Feiglinge! Schleimige Schlangen! Abschaum des Universums! Geht! Sonst werde ich euch, die ihr diesen Tempel entweiht, vernichten und ausradieren!«

Die Antwort war ein heller, blauer Blitzstrahl, der sich sengend seinen Weg in die Mauer hinter der Schattenfigur brannte. Gestaltlose Schatten taumelten wie betrunken auf die Wände zu und kamen schwankend zurück. Noch ein Schuß und noch einer zerrissen die Dunkelheit. Doch die Gestalt vor ihnen stand unbeweglich – die Arme verachtungsvoll über der Brust gekreuzt.

»Ihr Narren!« grollte die lautlose Stimme. »Hier sind eure Waffen nutzloses Spielzeug. Ihr habt eure Seelen für Geld verkauft. Ihr habt euer Leben auf die Macht dieses Spielzeugs gestellt, das hier nichts gilt. Hier, in der Allgegenwart Gottes, seid ihr waffenlos!«

Und ein göttliches Gelächter donnerte durch ihre Hirne. Ein Gelächter, von dem der Wahnsinn Besitz zu ergreifen begann.

»Geht! Geht! Ehe ich mein Mitleid mit euch bereue!«

Einer von ihnen brach zusammen. Er wandte sich um und floh zitternd und entnervt zur BARRIERE. Doch kurz vor dem verhängnisvollen Sprung warnte ihn ein Klingelzeichen. Mit weißem Gesicht wandte er sich der Kapuzenfigur an der Frontseite der Kirche zu.

»Wie? Ihr wollt nicht? Dann bleibt und seht meinem Zorn entgegen! Für Geld habt ihr eure Seelen verkauft. Für Geld mordet, foltert und terrorisiert ihr. Ihr wollt Geld? Hier habt ihr es. Geld, Geld, Geld, Geld, Geld ...«

Ganze Schauer von Münzen flogen mit großer Kraft geschleudert wie wunderbare Geschosse in ihre Gesichter. Ehe sie noch ihre Arme zum Schutz hochreißen konnten, bluteten sie von zahllosen Schnitt- und Platzwunden. Einer hatte ein Auge verloren. Wütend fluchend stand er da, eine Hand auf der blutenden, leeren Höhle, bis ihn ein neuer Schauer von Münzen wie die anderen in Deckung unter die Kniebänke zwang.

Ganz plötzlich kam ich wieder zu mir. Ich zitterte vor Erschrekken, als ich die leere Augenhöhle des Mannes erblickte und das Blut und die geleeartige Flüssigkeit auf seiner Wange. Ich war wieder vernünftig und völlig kühl.

Ich versuchte zu denken. So konnte es nicht weitergehen. Selbst wenn ich die vier hier in der Kathedrale gefangenhielt, selbst wenn ich sie – Gott verzeihe mir! – alle vier tötete, früher oder später würde einer der Mönche hier hereinkommen. Ich konnte meine Waffen nicht gegen die Mönche erheben. Ich mußte Schluß machen.

Eines mußte ich allerdings vorher sicherstellen. Sie durften den Kristall nicht bekommen. Sie wollten ihn unbedingt. Sie würden unaufhörlich danach suchen.

Ich fischte den Kristall aus dem Beutel heraus und legte ihn vor mich auf das Kontrollpult. Meine Hand kroch auf ihn zu. Ich konnte mich nicht von ihm trennen. Was wäre ich ohne ihn? Nichts. Vor diesem Nachmittag war ich nichts gewesen. Dieser Gedanke würde mich verfolgen, so lange oder so kurz ich jetzt noch zu leben hatte. Und doch . . .

Ich zog meine Hand zurück. Ich mußte ihn loswerden. Etwas flüsterte mir dies zu, und ich wußte – aus Feigheit oder aus Vernunft –, daß das Flüstern recht hatte. Ich konnte ihn nicht schützen. Ich konnte sein Rätsel nicht lösen. Ich konnte nicht . . . Ich ergriff ihn mit dem Strahl und wußte im gleichen Augenblick, wo ich ihn verstecken konnte. Innerhalb der Kirchenmauern mußte sich eine Höhlung befinden, die von den Erbauern des Gotteshauses dort in einen Eckstein gemeißelt worden war, um darin einige Erinnerungsstücke für die Zukunft aufzubewahren.

Ich durchforschte die Dunkelheit innerhalb der Mauern, glitt durch sie hindurch, suchte jene winzige, weniger dunkle Stelle. Und ich fand sie. Der Kristall blinkte einen Augenblick lang glitzernd, als er hineinfiel und verschwand, und ich fühlte mich plötzlich ausgehöhlt und leer. Dort im Grundstein lag der Grund für meine Hoffnungslosigkeit begraben.

Als ich wieder auf den Sichtschirm blickte, erkannte ich, daß ich zuviel Zeit vergeudet hatte. Nach dem Münzenhagel hatten sich meine Verfolger im Raum verteilt, so daß sie nun schwieriger auf einmal getroffen werden konnten. Doch dies war ohne Bedeutung, weil mein Vorrat an Münzen ohnehin erschöpft war. Ich hatte nichts mehr, was ich ihnen entgegenschleudern konnte. Und um etwas hochzuheben und fortzutragen, was so schwer war wie ein Mensch, war der Strahl – zumindest auf diese Entfernung – zu schwach.

In der Ecke, in der der Dunkle hockte, ganz in der Nähe des PORTALS, sah ich eine blitzartige Bewegung. Etwas explodierte nicht weit von mir. Der Raum um mich herum erzitterte. Der Dunkle hatte eine Bombe geschleudert. Er hatte mit unheimlicher Präzision die Lage des Steuerraums erraten. Die Explosion riß ein riesiges Loch in die Vorderfront der Kirche.

Ich knirschte mit den Zähnen. Ich hatte nur eine Chance, wenn sie unvorsichtig genug waren. Der Strahl schoß auf den Mann zu, der das Auge verloren hatte. Ehe er überhaupt bemerkte, was ihm geschah, flog seine Pistole wie ein häßlicher, gefährlicher, schwarzer Vogel durch die Luft. In der Hand des Schattenmönchs, der noch immer an der Vorderfront des Kirchenschiffs sichtbar war, landete sie.

Fieberhaft suchte ich mit meinen Pseudohänden den Abzugshahn der Waffe, als schon blaue Blitze mein Abbild durchbohrten. Sie versuchten mir die Waffe aus der Hand zu schießen, ehe ich ihnen damit gefährlich werden konnte. Der Hebel, dort unten, wo der Zeigefinger lag, mußte es sein. Ich zog ihn durch. Nichts. Da war ein kleiner Knopf auf dem Lauf. Auch nicht. Mehr aus Zufall preßte ich den Griff der Waffe zusammen, als ich noch einmal den Hebel versuchte. Ziellos schoß ein blauer Blitzstrahl durch die Dunkelheit hinunter in das Kirchenschiff.

Ziellos, aber nicht wirkungslos. Übelkeit preßte mir die Kehle zu. Ich biß die Zähne zusammen und würgte bittere Magensäfte wieder hinunter, als ich die Bedeutungslosigkeit der Tatsache erkannte, daß ich vorhin einem Mann ein Auge ausgeschlagen hatte. Einen erschreckenden Herzschlag lang stand der kopflose, rauchende Rumpf eines seiner Kumpane aufrecht in der Dunkelheit; dann brach er im Gang zwischen den Bänken zusammen.

Jetzt waren es nur noch drei. Aber sie waren vorsichtig. Während ich die leeren Reihen der Bänke absuchte, hinter denen sie sich verbargen, überlegte ich, ob ich noch einmal schießen würde. Ein Mensch lag da unten tot, ein wertloser Mann, ein Pistolenheld, ein Folterer und Mörder ... Doch das bedeutete nichts. Er hatte gelebt, und jetzt war er tot. Und mir war sterbenselend.

Da! Ein Arm zuckte zurück. Automatisch preßte ich meine Hand zusammen. Der Blitz war mehrere Fuß lang. Er verwandelte eine Bank in eine rauchende Ruine. Trotzdem zuckte der Arm vorwärts. Etwas glitt ihm aus der Hand, etwas Kleines, Zylindrisches, Glänzendes fiel ... Ein ganzer Abschnitt der Kniebänke verwandelte sich in einen wirbelnden Klumpen von Fleisch und Blut und splitterndem Holz.

Ich wandte meine Augen vom Schirm ab. TOD! TOD! Ich war tot!

Das PORTAL flackerte. Ich sah es aus den Augenwinkeln. Die Pistole wirbelte in der Hand des Schattenmönchs herum. Doch ich brachte es nicht fertig, die Hand zu schließen. Es war genug getötet worden. Die Pistole blieb still, als der dunkle Mörder furchtlos durch das PORTAL hindurchsprang. Wieder hatte ihm jemand aus dem inneren Bezirk des Klosters geholfen. Mir wurde klar, daß ich jetzt auch mit einem Angriff aus dem Rücken rechnen mußte. Zum erstenmal in jenen endlosen Minuten erkannte ich, daß ich in diesem Kampf auch selbst getötet werden konnte. Ich würde so tot sein wie sie. Und ich würde vielleicht schon der nächste sein.

Ich stand auf und schaute den Aufgang hinunter. Die Wandverkleidung zum Korridor hin war noch geschlossen, die Stufen leer. Wieder am Steuerpult, blickte ich in den Spiegel, der hoch an der Wand über mir befestigt war. Er erlaubte mir einen guten Überblick über die Treppe zum Korridor, wenn ich mich weit genug zurücklehnte. Ich versuchte, meine Gedanken zu sammeln. Wenn ich noch eine weitere Pistole hätte ...

Ich griff mit dem Strahl nach der des toten Mörders unten im Dom. Doch seine Hand hatte sich eisern darum verkrampft. Wieder kontrollierte ich den Spiegel. Die Wandverkleidung war noch immer geschlossen. Ich schoß einen Blitz auf den letzten Mann im Kirchenschiff ab. Er schlug ein ganzes Stück entfernt von ihm ein und war nur als Warnung gedacht: Halt deinen Kopf unten, Freund! Meine Gedanken rasten.

Ich saß in der Falle. Hoffnungslos und endgültig in der Falle. Es gab zwei Wege aus dem Dom heraus: das PORTAL und die BARRIERE. Aus dem Kontrollraum führte nur ein Weg: die Treppe hinunter zum Korridor. Dort wartete der Dunkle auf mich. Es würde ein schnelles Ende geben. Sie durften mich nicht lebendig bekommen. Sie würden versuchen, den Aufenthaltsort des Kristalls aus mir herauszufoltern.

Es gab nur zwei Ausgänge ... Ich klammerte mich an diesen Gedanken wie ein Ertrinkender an den letzten Strohhalm ... Schon früher hatte ich darüber nachgedacht, ob es nicht doch noch eine dritte Möglichkeit gäbe ...

Ich brauchte Kleider. Ich brauchte Geld. Ohne beides war ein Fluchtversuch ohnehin sinnlos.

Der Anzug des kopflosen Mörders da unten konnte heil geblieben sein. Glücklicherweise waren die Verschlüsse magnetisch. Sie ließen sich mit Hilfe des Strahls leicht aufziehen. Zumindest klappte das bei der Jacke ohne Schwierigkeiten. Das Ausziehen des Hemds war schon schwerer. Ich kämpfte mit dem Gewicht des leblosen Körpers, rollte ihn von einer Seite auf die andere, um die schlaffen Arme aus den Ärmeln zu schütteln.

Als Jacke und Hemd neben mir lagen, blickte ich wieder in den Spiegel und erkannte, daß ich zu leichtsinnig gewesen war. Die Wandverkleidung stand offen. Doch die Stufen waren immer noch leer. Ich brauchte noch ein paar Minuten Zeit und die Pistole des Mönchsschattens an der Wand. Ich holte sie mir. Dann trat ich an den Aufgang und löste eine blaue Feuerwelle aus, die ich die Treppe hinablodern ließ. Der Dunkle würde es sich nun dreimal überlegen, ob er einen selbstmörderischen Anlauf die Treppe hinauf wagen sollte.

Eine donnernde Explosion erschütterte zum zweitenmal den Kontrollraum. Ich stolperte, als ich versuchte, wieder an das Steuerpult zu gelangen. Der Boden schwankte unter meinen Füßen.

Mit Mühe hielt ich mich an der Rücklehne des Sessels aufrecht. Der Mörder unten im Kirchenschiff hatte eine zweite von diesen winzigen, unheimlich wirksamen Bomben geworfen.

Ich schickte die Pistole zurück zu dem Kapuzenmann und versuchte den Mörder aufzuscheuchen. Das einzige Ergebnis: Ich vergeudete Schüsse und Zeit. Wieder machte ich mich an dem Kopflosen zu schaffen. Der Torso leuchtete weiß in der Dunkelheit. Meine Augen huschten zwischen Bildschirm und Spiegel hin und her, als ich versuchte, den Toten aus seinen Hosen zu schälen.

Ein blauer Strahl sengte über meinem Kopf an die Wand. Im Spiegel sah ich gerade noch, wie eine Hand mit einer Pistole zurückgezogen wurde. Viel konnte er auf diese Weise nicht ausrichten. Die Gefahr lag eher darin, daß ich zu sehr beschäftigt war und ihm damit Gelegenheit für einen Überfall die Treppe hinauf gab.

Unten in der Kathedrale hob sich ein Arm. Ich schoß einen Blitz in seine Richtung. Der Arm wurde eilig zurückgezogen. Ich beobachtete den Spiegel und kämpfte weiter mit den Hosen. Und endlich gaben sie nach, ließen sich abschälen. Und dann lagen sie neben mir. Nun hatte ich Kleider und konnte meine Spur verwischen.

Ich richtete die Waffe auf den Rumpf des nackten Mörders. Ein schwarzer Gürtel umfing die weiße Gestalt. Ich löste ihn, holte ihn herauf und feuerte dann. Der Körper zuckte und schmorte. Schnell war er eine schwarze, unidentifizierbare Masse. Übelkeit kroch mir aus dem Magen in die Kehle. Ich schluckte sie runter. Niemand würde erfahren, daß ich ihn seiner Kleider beraubt hatte.

Das Dauerfeuer hatte den letzten Mann erschreckt. Unvorsichtig hob er den Kopf über die Bank und spähte nach dem beißenden Rauch. Meine Waffe schwenkte herum, spie erneut Flammen, und er sackte schlaff zwischen zwei Bänken auf den Boden.

Ich kämpfte mit einer Ohnmacht. Länger konnte ich das Töten nicht ertragen.

Wieder leckte eine blaue Flamme über meinen Kopf. Meine Abscheu vor mir selbst verging. Ich blickte auf. Der Spiegel war verschwunden. An seiner Stelle gähnte ein weißes Rechteck in der Wand. Mitten drin ein schwarzer kreisförmiger Fleck. Ich holte die Waffe wieder herauf, hob sie hoch über meinen Kopf, hielt sie in den Treppenaufgang und ließ eine zweite Feuerwelle bis in den Korridor hinabfließen.

Dann riß ich mir die Kutte vom Leib, wickelte mir den Gürtel um die Hüften. Er rutschte tief nach unten. Auch die Hosen waren mir zu weit. Doch das war mir nur recht. So konnte ich leichter hineinsteigen. Ehe ich Hemd und Jacke anzog, schickte ich zwei weitere Blitze die Treppe hinunter. Dann beugte ich mich über das Steuerpult und schaltete fieberhaft Hebel und Knöpfe. Jetzt kam es auf perfekte Zeitabstimmung an. Maximale Energie mußte in kürzester Zeit durch die Maschine gejagt werden. Ich drückte die Automatik und fixierte einen Punkt an der Wand gegenüber mit den Augen, ließ die Pistole unter die Achselhöhle gleiten und beugte mich vor, um die entscheidende Schaltung zu wagen.

Da hörte ich das Trappeln rennender Füße auf den Stufen.

Die Lichter verdunkelten sich. Das letzte, was ich bewußt wahrnahm, war der dunkle Mörder, der mit seltsam flackerndem Blick unter dem Bogen des Aufgangs erschien, sich hinter seiner Blitze spuckenden Pistole zur Seite warf, ungläubig starrte... in eine gleißende Flamme, die mich einzuhüllen begann und das Licht verdunkelte.

IV

Es war der erste einer langen Reihe von Träumen, in denen ich mich selbst durch Dunkelheit, Angst und Stille rennen sah, gejagt vom Trappeln jener gräßlich leichten Füße, gepeinigt von dem brennenden Schmerz in meiner Hand. Diesmal allerdings brannte mein Gesicht auch noch. Ich ließ die glühende Kohle fallen, fühlte brennende Scham und eisige Leere ...

Dieser Teil des Traums war immer derselbe. Nur die Anfänge und Abschlüsse variierten ...

»Wachst du endlich auf?« fragte ein Mann mit einer hellen, klaren und gelassenen Stimme.

Ich stemmte mich hoch. »Ich muß fort«, sagte ich. Meine Lippen schmerzten beim Sprechen. Meine Stimme klang heiser und wie gebrochen.

Vorsichtig drückte der Mann mich zurück. Das pneumatische Bett unter mir gab ein wenig nach. Er saß auf der Bettkante. Ich wandte mich um. Der Raum war größer als meine Zelle. Die Einrichtung schien bequem und farbenprächtig, aber nicht luxuriös: das Bett, auf dem ich lag, eine Reihe tiefer Sessel, ein Regal voller altmodischer Bücher. Vorhänge verhüllten die Wände bis auf einen offenen Eingang.

»Du wirst nirgendwohin gehen«, sagte der Mann. »Jedenfalls heute nicht. Dazu bist du gar nicht in der Lage.«

Ich entspannte mich ein wenig. Der Mann schien freundlich zu sein. Ich war noch völlig durcheinander. Doch da kam ein Gedanke. »Es ist gefährlich«, platzte ich heraus.

Seine Augen wurden schmal. »Warum?«

Ich griff mir an die Stirn und zuckte zusammen. »Ich kann mich kaum erinnern. Jemand ist hinter mir her. Ein Pistolenmann in schwarzer Uniform. Er will mich töten. Er wird auch Sie töten.«

Der Mann lächelte geringschätzig. »So einfach geht das nicht. Wo ich aufgewachsen bin, hatten wir oft genug mehr Sorgen als Brot. Seit ich aber auf Brancusi bin, hatte ich ein so ruhiges Leben, daß ich mich schon halb tot fühle. Und wenn du bist, was du zu sein scheinst«, – seine Augen glitzerten amüsiert – »dürftest du mir kaum Kummer bereiten.«

»Was soll das heißen?«

»Du ziehst dich wie ein freier Agent an. Aber du bist keiner. Deine Haut ist weiß, deine Hände sind zart. Der Anzug ist für einen Mann gemacht worden, der einen erheblich dickeren Bauch und weit schmalere Schultern hatte als du. Kurz gesagt: Ich halte dich für einen Mönch.«

»Ich bin Akoluth«, sagte ich verblüfft. »Genauer: Ich war einer. Was meinen Sie mit freier Agent?«

»Einen von diesen harten, smarten Burschen, den höchstbezahlten Söldnern. Frei mit der Pistole, frei mit Frauen, frei mit dem Geld und frei die Seite zu wechseln, wenn jemand etwas mehr Geld bietet.«

»Ich glaube, ich habe drei von ihnen getötet«, sagte ich. »Eigentlich waren es ja nur zwei«, verbesserte ich mich, als die Erinnerung mir einen Schauer den Rücken hinunterlaufen ließ.

»Das wäre dann ein neuer Rekord für Akoluthen.« Er lächelte. Ich sah, daß er mich jetzt mit einigem Respekt musterte. »Noch so ein paar lustige Abende, und du bist Meister.«

Plötzlich fiel mir wieder alles ein. »Wo bin ich? Können sie ...?«

»Nur wenn sie dir gefolgt sind.« Seine Augen wurden wieder schmal. »Ich fand dich, wie du durch die Straßen wanktest, halb besinnungslos, kurz vor einem Kollaps. Leg dich zurück! Du mußt Kräfte sammeln. Ich habe dich mitgenommen, aber du mußt bald wieder auf eigenen Füßen stehen.«

Er nahm einen dünnen weißen Zylinder aus einem Kästchen und brachte ihn durch einige Atemzüge zwischen den Lippen zum Glühen. Ein scharfer, süßlicher Rauch wehte durch die Luft. Die Augen des Mannes wurden heller. Ich betrachtete ihn jetzt genau. Man konnte ihn leicht für ein Mädchen halten. Es war nicht nur das blonde Haar. Seine Haut war zart, doch leicht gebräunt, seine Lippen roter als die eines Mannes normalerweise sind, und wenn er aufstand – wie jetzt –, sah er schmal und klein aus. Er bewegte sich mit katzenhafter Geschmeidigkeit und verriet zugleich gespannte Kraft.

»Um auf deine Frage zurückzukommen«, sagte er und stieß beim Aufundabgehen dünne Rauchfahnen aus den Nasenlöchern. »Du bist hier im Laden von Fred Siller, Buchhändler.« Ein freudloses Lächeln erschien auf seinen Lippen: »Buchhändler für die Volksmassen. Das Geschäft geht schlecht. Aber nun erzähl mal: Wie hast du das geschafft?«

»Geschafft? Was?«

»Diese Brandwunden an Hand und Gesicht.«

Ich hob die Hand. Sie war rot und war dick mit Salbe beschmiert. »Einer schoß auf mich.«

Siller pfiff leise. »Das ist mal was ganz Neues. Verbrannt von einer Blitzpistole? Normalerweise bleibt da nichts mehr übrig.«

»Ich ... ich wechselte gerade den Standort ...«

»Das mußt du wohl«, sagte Siller und hob eine Augenbraue. »Und du mußt verdammt schnell gewesen sein.« Ich schwieg.

»Erinnerst du dich an sonst nichts?«

»Einiges wohl ... Ich heiße William Dane. Bis heute nachmittag war ich Akoluth ... Da kam ein Mädchen in die Kathedrale, als ich Dienst tat. Sie versuchte, vier ... freien Agenten zu entkommen ... Und als sie hinausging, schnitten sie ihr die Füße ab ...«

»Weiter«, sagte er ungeduldig.

»Verstehen Sie nicht?« fragte ich. Mein Kopf schmerzte und war noch immer verwirrt. Doch dieser eine Gedanke mußte heraus. »Sie lächelten und schnitten ihr die Füße ab.«

»Ja, ja, ich verstehe.« Der Rauch zwischen uns schien seine Augen zu vergrößern. »Was passierte dann?«

Ich legte mich müde zurück, strich mit der Hand über die Stirn und achtete nicht auf den Schmerz. Niemand interessierte sich für das, was wesentlich war. Fragmentarisch, in wirren Bildern, stockend berichtete ich weiter. Als ich fertig war, schloß ich die Augen. »An mehr kann ich mich nicht erinnern. Mehr weiß ich nicht.«

Als ich die Augen wieder öffnete, waren seine Augen hinter dem Rauch nur undeutlich sichtbar. Sie waren groß, blau und glänzten fiebernd. »Warum kam sie in die Kirche? Was trug sie bei sich? Wo ließ sie es?«

Mein Kopf rollte hin und her. »Ich weiß nicht... Ich weiß nicht...«

Ich versank in eine Art Betäubung, aus der mich ein leises Kichern weckte. »Du brauchst Ruhe«, sagte eine Stimme. »Du mußt deine Wunden heilen. Wahrscheinlich hast du die Hand hochgeworfen, als der Blitz dich traf. Ein Glück für deine Augen. Du siehst jetzt zwar nicht sonderlich hübsch aus, mit deinen versengten Augenbrauen und Lidern. Und dein Gesicht ist wie rohes Fleisch...«

»Was soll ich tun?« fragte ich schwach und müde. »Ich bin hilflos wie ein Baby hier draußen, vor den Klostermauern.«

Wieder kicherte er los. »Für ein Baby bist du ganz gut ausgerüstet. Kleider, Geld — fünftausend Chronors in Hundertchronorstücken...« Meine Augen weiteten sich.

Siller kicherte wieder. »In dem Geldgürtel.«

Mit der gesunden Hand tastete ich danach.

Siller explodierte fast vor Lachen. »Er ist noch da. Wenn ich dich hätte ausrauben wollen, würdest du dir jetzt keine Sorgen mehr darum machen können. Der Agent, den du ausgezogen hast, war gut bei Kasse. Wenn das der Lohn für seinen derzeitigen Job war, ist der Job wichtig. Es sei denn, du hast den Klosterschatz ausgeplündert. Aber weiter: Du hast eine Pistole, die kostet mindestens fünfhundert, eine Menge Munition...«

Er zog einen Verschluß an meiner Jacke auf und zeigte mir eine Reihe schlanker Metalltuben. »Zehn Stück. Jede reicht für hundert kurze Schüsse, für zehn lange oder für ein ganz großes Freudenfeuer. Das ist genug Energie, um diesen Laden hier zehn Jahre lang zu heizen und mit Licht zu versorgen. Jede ist mindestens fünfzig Chronors wert, wenn du überhaupt irgendwo an so was rankommst. Du bist wirklich prächtig ausgerüstet.«

»Man kann Freiheit nicht mit Geld kaufen«, sagte ich, »oder Frieden.«

»Hast du eine Ahnung, was man alles kaufen kann. Das wirst du schon noch lernen. Etwas Training, eine Menge Rücksichtslosigkeit und noch mehr Glück hast du nötig. Dann könntest du überleben.«

»Überleben?« Ein Schauder überlief mich. »Nicht mit dem Dunklen hinter mir her.«

Sillers Gesicht wurde aufmerksam. »Wen?«

»Ich weiß nicht, wie er heißt. Er hat ein dunkles Gesicht, gleichgültig und kühn; kalte, schwarze, gefühllose Augen, ein schweres, kantiges Kinn und eine riesige, groteske Nase, die aber überhaupt nicht komisch ist. Er ist groß, mindestens so wie ich ...«

»Sabatini«, sagte Siller. Seine Stimme war leise und schwankte. Seine leicht gebräunte Haut wurde bleich.

»Sie kennen ihn?« fragte ich überflüssigerweise. Ich war so müde, daß mich nichts mehr wunderte.

»Ich kenne ihn.« Siller sprach fast zu sich selbst. »Wir sind uns zweimal begegnet. Einmal auf McLeod. Einmal auf den Vereinigten Welten. Aber ich stand ihm nicht im Weg und er mir auch nicht – nicht direkt. Diesmal ...« Er zuckte die Schultern. »Sabatini hatte doch auf den Vereinigten Welten so viel, daß er dort zumindest so lange hätte bleiben können, bis einer gekommen wäre, der noch ein bißchen schneller und härter und smarter war.«

»Aber die Vereinigten Welten sind mehr als hundert Lichtjahre von uns entfernt«, widersprach ich.

»Genau«, murmelte Siller.

Seine bisher ziellosen Bewegungen wurden plötzlich kontrolliert. Er schob einen Vorhang beiseite und zog einen Stein aus der Wand. Dahinter öffnete sich eine kleine Höhlung. Er wählte einige Gegenstände aus und verstaute sie in den Taschen seiner Jacke. Darunter war eine Pistole mit einem langen, schmalen Lauf. Er machte sich fertig zum Weggehen. Ich beobachtete ihn stumm. Schließlich drehte er sich um.

»Wir hauen besser ab hier«, sagte er ruhig. »Dieser Platz ist vielleicht doch nicht ...«

Er brach ab und lauschte. Ich fühlte ein merkwürdiges, nicht definierbares Gefühl von Gefahr. Einen Moment später klopfte jemand an die Tür des im Nebenraum liegenden Ladens.

»Los! Steh auf«, flüsterte er mir zu.

»Wer ist da?« fragte ich ihn.

»Vielleicht ein Kunde. Aber es ist geschlossen. Ich habe immer geschlossen.« Er schlich in den Laden, und dann hörte ich dieses Geräusch, das mir inzwischen schon zu gut bekannt war, den Beginn eines dünnen, spuckenden Zischens. Es brach ab. Dann ein erstickter Schrei, ein Fall und Poltern, und im nächsten Augenblick drang zugleich mit Siller aus dem Buchladen eine glühende Hitzewelle in die kleine Kammer.

»Los doch«, befahl er mir ungeduldig. »Selbst wenn ich warten könnte. Das Feuer wartet nicht.«

Ich biß die Zähne zusammen. Der Raum drehte sich um mich, als ich mühsam hochkam. Schweiß trat auf meine Stirn. Das Schwanken hörte auf. Siller hatte inzwischen an der Rückwand eine hinter den Vorhängen verborgene zweite Tür geöffnet. Zehn Fuß bis dahin. Ich mußte es schaffen. Flammen züngelten aus dem Laden herein. Beim sechsten Schritt stolperte ich. Die letzten vier schaffte ich mit einem unfreiwilligen Kopfsprung vornüber. Und dann war ich bei ihm.

»Gut gemacht.« Siller klopfte mir beruhigend den Rücken. »Ich mußte wissen, ob du es wert bist, daß ich dich mitnehme.«

Ich hob den Kopf mühsam zu ihm auf. Sein Gesicht war ein rosa Fleck in der Dunkelheit. Ich würgte an den Worten: »Und ... wenn ... ich es nicht geschafft hätte ...?«

Seine Stimme verriet ein Schulterzucken: »Ich hätte dich wahrscheinlich hierlassen müssen.«

Die Flammen fraßen jetzt auch die Kammer, aus der wir in den Anfang eines dunklen Tunnels geflüchtet waren. Siller holte eine Taschenlampe heraus und leuchtete. Es war wohl kein Gang, sondern eher ein Zwischenraum zwischen zwei rohen Mauern; staubig, voller Spinnweben, auf dem Boden zerbrochene Steine und Schutt, Plastikgegenstände, rostige Metallstücke und andere Abfälle, wie sie beim Hausbauen weggeworfen werden.

Hinter mir schob Siller eine dickwandige Plastiktür in die Öffnung zu seiner brennenden Kammer und verkeilte sie fest rechts und links in die Mauern. Das Feuer war jetzt nur noch ein wie von einem Rotstift gezeichnetes Viereck, das durch die Ritzen der Tür schimmerte.

»So werden sie nie rauskriegen, wohin wir verschwunden sind«, kicherte Siller. Er legte einen Arm um mich und führte mich den endlosen dunklen Gang entlang. Ich muß das Bewußtsein verloren haben.

V

Ich erwachte am nächsten Morgen in einem breiten Bett, und meine Erziehung begann.

»Wo ist deine Waffe?« Siller flüsterte es mir von der Tür zu, durch die er unbemerkt eingetreten war.

Stöhnend setzte ich mich und versuchte den Schlaf abzuschütteln.

»Wo ist deine Waffe?« fragte Siller womöglich noch leiser; und da erst bemerkte ich seine Pistole, die mit langem schlankem Lauf in seiner entspannten Hand pendelte.

Ich tapste nach meiner Brust, fand dort aber nur nackte Haut. Auch das Herumwühlen unter der Bettdecke brachte nicht mehr zutage, als daß ich völlig nackt und hilflos war.

Von der Tür her kam eine leise Explosion, so als wenn jemand mit der Zunge geschnalzt hätte. Etwas zischte durch mein kurz geschorenes Haar. Ich blickte auf. Die Waffe pendelte nicht mehr in Sillers Hand, sondern zeigte genau auf mich. Ihre Mündung war kleiner als ein Nadelkopf.

»Was . . .?« wollte ich fragen.

Siller schnitt mir das Wort ab. »Wenn ich einer von einer Million Menschen gewesen wäre, wärst du jetzt tot.«

Ich glotzte dämlich hinter mich. Knapp über meinem Kopf steckte eine Nadel in der Wand.

»Na schön«, murrte ich. »Ich hab' verstanden.« Dann griff ich nach der Nadel, um sie aus der Wand zu ziehen.

»Lieber nicht«, sagte Siller lässig. »Sie ist vergiftet.«

Meine Fingerspitzen begannen einen Zoll von der Nadel entfernt zu zittern.

»Lektion Nummer zwei«, sagte Siller. »Faß nichts an, das du nicht kennst. Daraus folgt logischerweise: Laß dich nie in Sachen ein, ehe du nicht weißt, was du gewinnen willst und was du dabei verlieren kannst und ehe du nicht weißt, wie stark deine Gegner oder möglicher Widerstand sind.«

Mit einer Pinzette zog er die Nadel aus der Wand und ließ sie sorgsam in ein kleines Glasfläschchen fallen, das er verkorkte und in eine Jackentasche steckte.

»Dann halten Sie sich aber nicht an Ihre eigenen Ratschläge«, versuchte ich zu kontern. »Sie würden mich dann nämlich nicht mitgenommen haben.«

»Da hast *du* unrecht, nicht ich.«

Anstatt weiter zu sprechen, strich er mir vorsichtig neue Salben auf Handrücken und Gesicht. Seine Hände fühlten sich unangenehm feucht und warm an.

Ich vermutete, daß seine Wohnung in einem aufgegebenen Warenhaus verborgen lag, in das er mich durch den Gang getragen haben mußte. Von der Tür eines für meinen Geschmack zu luxuriösen Schlafzimmers führte eine Treppe abwärts unter die Erde. Dort befand sich ein Raum, der einen ausreichend großen und von außen unzugänglichen Schießstand abgab. Gleich am ersten Tag brachte er mir dort, zwischen Steinen, Dreck, Insekten und Ratten, die Anfangskenntnisse im Umgang mit Waffen bei. Er war ein Experte, und er gab nicht eher Ruhe, bis ich seiner Meinung nach eine Überlebenschance hatte.

Ich übte tagelang. Bald traf ich auf fünfzig Fuß Entfernung neun- von zehnmal den Körperteil der auf eine Wand gezeichneten Zielscheibe, den ich treffen wollte. Danach übte ich das Ziehen. Hier kam ich mit seiner katzengleichen Schnelligkeit nicht mit. Als er einmal nach oben in die Wohnung gegangen war, inspizierte ich seine Jacke. Dort, wo er seine Waffe verstaute, fand ich einen genialen kleinen Apparat mit einer Klammer und einer Spiralfeder versteckt. Wenn die Waffe hineingestoßen wurde, spannte sich die Feder. Wenn die Hand in die Jacke griff und sie dabei ein wenig vom Körper wegzog, ließ ein Hebel die Pistole los, und die Waffe schoß in die Handfläche hoch.

Ich holte die Vorrichtung aus seiner Jacke heraus und installierte sie in meine. Als er zurückkam, schlüpfte er wieder in seine

Jacke. Wir zogen. Meine Waffe zeigte auf ihn, noch ehe er die seine heraus hatte.

Siller runzelte die Stirn und lächelte dünn. »Du bist klüger, als ich dachte, Dane. Alles in allem hast du vielleicht doch eine Chance hier draußen.«

Ich wollte ihm die Vorrichtung zurückgeben.

»Behalt sie«, sagte er. »Ich habe noch mehr davon.«

Wir übten weiter. Ziehen und Feuern. Ziehen und Feuern. Ziehen, Drehen, Feuern. Wir übten, bis die Bewegungen so automatisch wurden wie das Atmen.

»Achte auf die Augen!« sagte Siller. »Sie sind die Signale der Entscheidungen. Ehe die Hand es weiß, haben die Augen die Absichten des Hirns enthüllt. Sabatini ist eine Ausnahme. Seine Augen ändern ihren Ausdruck nie, ganz gleich, ob er ein Mädchen küßt oder ein Kind foltert.«

Eines Tages ging Siller mit meinem Anzug aus der Wohnung. Er ließ mir nur einen Bademantel zurück. Als er weg war, durchsuchte ich die Räume. Weder der unterirdische Keller noch die Zimmer darüber hatten Fenster oder Türen ins Freie. Es gab nur eine einzige Tür, und die war fest verschlossen.

Ruhelos lief ich auf und ab. Schließlich durchstöberte ich die Bücherregale. Unter anderem waren da eine ganze Reihe der Bücher Judas. Ich hätte mir DAS BUCH DES PROPHETEN oder DIE KIRCHE oder RITUS UND LITURGIE vornehmen können. Aber die kannte ich ohnehin alle auswendig. Die anderen sagten mir nichts. Vor allem mit technischer Fachliteratur, wie GRUNDLAGEN, ENERGIE UND STROMKREISE und MASCHINEN UND DAS ERBE DER MENSCHHEIT konnte ich überhaupt nichts anfangen. Ich hatte eine religiöse Erziehung genossen, keine laizistische.

Schließlich zog ich ein Buch mit zerlesenem Rücken und abgegriffenen Seiten heraus. Weder der Autor noch Herausgeber und Druckerei waren darin angegeben. Es hatte den Titel TRIEBKRÄFTE DER GALAKTISCHEN MACHT. Ich ließ mich in einen tiefen Sessel fallen und begann zu lesen. Ich las langsam und sorgfältig; die Zeit raste dahin, weil dieses Buch Substanz hatte.

Es berauschte mich, hielt mich im Bann. Eine Passage hat sich mir Wort für Wort eingeprägt, bis zum heutigen Tage.

Wir müssen den Realitäten der Macht ins Gesicht sehen. Der Schlüssel zu allem Verstehen ist die Festungs-Welt. Und zur Festung gibt es keinen Schlüssel. Wir wollen sie betrachten. Mit Augen, die weder von Träumen getrübt noch von falschen Hoffnungen geblendet werden.

Verteidigung ist das höchste Gut. Ihr Symbol ist die Festung. In der Festung befinden sich alle Menschen und alle Vorräte, die zur Verteidigung notwendig sind. Laßt den Angriff ruhig kommen. Er wird über eine gewaltige Distanz vorgetragen. Über Lichtjahre hinweg müssen die Armeen, die dazu notwendig sind, die Munition und die Vorräte herangeschafft werden. Laßt den Angriff ruhig den Wallgraben überqueren. Dabei wird ein großer Teil der Vorräte und Energien aufgefressen, gehen viele Männer durch Langeweile, Krankheiten und Streit verloren. Laßt den Angriff kommen und die Verteidiger entschlossen sein. Der Angriff wird keinen Erfolg haben.

Und wenn der Angriff trotz aller Verluste Erfolg haben sollte — rechnet nach, was er kostet. Er läßt hinter sich einen zusammengebrochenen Planeten, dessen Ressourcen durch die Eroberung vergeudet wurden, dessen Volk ausgepowert und verhungert den Aufstand beginnt. Und der Gewinn? Eine Welt, die nicht auszubeuten ist. Der neue Herrscher kann nicht erzwingen, daß die Bevölkerung seine Befehle ausführt.

Das ist die Psychologie der Festung. Und auch dies: Ein Mensch aus einer anderen Welt ist ein Feind, kein Mitmensch, sondern ein Fremder.

Wir wollen ihn hassen.

Und das ist die Politik der Festung: Die Verteidigung muß entschlossen und effizient sein. Entschlossenheit und Leistung aber sind Qualitäten, die vom Volk, das sie ja beweisen soll, nicht ohne Umständlichkeiten zu erwarten sind. Es muß deshalb von oben dazu gezwungen werden. Eine Festung muß also von einem Mann oder von einigen wenigen Männern regiert werden. Eine Demokratie ist unmöglich.

Es hat in den Zeiten aufgezeichneter Geschichte einige Demokraten gegeben. Zähle sie! Es waren wenig genug. Was war ihr Schicksal? Sie änderten irgendwann ihre Regierungsform, oder sie mußten sie ändern. Fortschreitende Zentralisierung ließ sie zu Diktaturen werden, oder sie wurden erobert.

Siehe die stärksten Kräfte der Galaxis. Die Herrscher, die Kirche, die Händler. Die Herrscher sind zufrieden, die Kirche ist zufrieden, die Händler sind es auch. Der einzige Verlierer ist das Volk.

Gibt es also keine Hoffnung? Die Antwort ist: nein. Das Volk kann nicht revoltieren, weil es keine Macht hat. Es hat keine Macht zu kämpfen, vor allem hat es keine Möglichkeit zu denken und – selbst wenn es denken würde – keine Kommunikationsmittel. Das Volk ist unwissend und ungebildet. Die Herrscher haben es dazu gemacht. Und wenn sie, durch irgendein Wunder, doch revoltieren? Im dadurch verursachten Chaos fällt die nächste benachbarte Welt über diese Festung her und erobert sie.

Und so schauen wir nach den Sternen und trauern seufzend um das Goldene Zeitalter. Doch unser Seufzer ist ein eitles Nichts, das sich im Nichts verliert ...

Ich schloß das Buch und legte es beiseite, als Siller eintrat. Meine Kleider waren geändert worden, sie paßten mir jetzt. Der schwarze Brandfleck an Jacken- und Hemdkragen war verschwunden.

Siller berichtete, daß er in der Umgebung keine Agenten gesehen hätte. Wenn Sabatini noch immer nach mir suchte, tat er das heimlich. Die Kathedrale war repariert worden. In aller Eile. Siller hatte gehört, daß der Erzbischof zu einer Inspektion auf Brancusi erwartet wurde. Als er von der Kirche sprach, ruhten seine Augen forschend auf mir. Doch mein Gesicht war eine unbewegte Maske. Nicht nur wegen der verbrannten Haut.

»Was hat das Mädchen eigentlich dort zurückgelassen?« fragte er beiläufig. »Sie ...«, begann ich und hielt inne.

»Was?« fragte Siller scharf.

»Ich weiß es nicht.«

»Setz dich«, sagte er. »Wir müssen jetzt drüber reden.«

»Ich ...«

»Komm, komm! Du erinnerst dich genau. Du brauchst mir nichts vorzumachen.«

»Ich kann nicht«, sagte ich jämmerlich. »Selbst wenn ich es könnte. Ich wollte auch nicht.«

»Du kannst, und du willst.«

»Ich habe es nicht.« Seine Zuversicht ließ mich verzweifeln.

»Ich weiß. Aber du kannst es holen.«

»Nein. Es ist zu gut versteckt. Niemand kann es.«

»Das glaube ich nicht.« Diesmal geriet die Maske seiner Zuversicht ins Rutschen. Aber nur für einen flüchtigen Augenblick. »Ich werde dir sagen, warum du es mir geben wirst.«

Ich sah ihn stirnrunzelnd an.

»Dankbarkeit«, sagte er. »Ich habe dir das Leben gerettet. Ich habe dich versteckt und dir beigebracht, wie du überleben kannst.«

»Ich bin dankbar. Aber nicht so.«

Er zuckte die Schultern. »Dazu kommt die Sache mit dem rechtmäßigen Eigentümer.«

»Das Mädchen.«

»Das Mädchen ist tot.«

»Woher wissen Sie das?«

Ungeduldig zuckte er wieder die Schultern. »Wenn sie es nicht ist, wünscht sie, daß sie es wäre. Sie ist in Sabatinis Hand. Wichtig ist, daß es jetzt in die richtigen Hände kommt. In meine.«

»Warum in Ihre?« fragte ich elend.

»Meine Auftraggeber und ich wissen, was wir damit tun können. Du nicht. Wichtiger ist, daß es auf dem Weg zu mir war, als das Mädchen von Sabatini aufgespürt wurde.«

»Wie soll ich das glauben? Sie wissen nicht mal, was es ist.«

Siller lächelte spöttisch. »Es ist ein kleiner Kristallkiesel. Ein Händler entdeckte ihn in den Ruinen eines kleinen Planeten an der Peripherie der Galaxis. Die Ruinen waren uralt. Sie bewiesen, daß ihre verschwundenen Bewohner die Raumfahrt kannten und eine weit fortgeschrittene Zivilisation hatten. Der Händler hielt den Kiesel für wertvoll. Er glaubte, er berge ein Geheimnis, und wollte ihn teuer verkaufen. Jemand erfuhr davon. Als sein Schiff auf Brancusi landete, wurden er und seine Leute ermordet. Der Kiesel geriet in die Hände des Kaisers. Doch er wurde aus seinem Palast gestohlen.«

Ich lauschte aufmerksam. Diese Information mochte wertvoll sein, wenn sie stimmte. Aber sie bewies nichts. »Woher wissen Sie, daß das Mädchen den Kristall zu Ihnen bringen sollte? Wie hieß sie denn?«

»Sie hieß Frieda. Sie war die jüngste Favoritin des Kaisers.« Mir wurde immer jämmerlicher zumute.

»Das alles ist kein Beweis«, schluckte ich. »Sabatini wird das auch alles gewußt haben. Und selbst wenn sie den Kristall Ihnen hatte geben wollen, warum sollte ich es auch tun?«

»Weil ich dir geholfen habe.«

»Sie sind freundlich zu mir gewesen«, verteidigte ich mich. »Sie haben eine Menge riskiert, als Sie mich versteckten. Aber wenn Sie erwarten, daß ich Ihnen deshalb den Kristall gebe, habe ich kein Recht, länger hierzubleiben.«

Ich stand auf und ging zur Tür.

»Sei kein Narr, Dane«, sagte Siller voller Entrüstung. »Du gehst nicht.« Seine Stimme sank zum Flüstern herab. »Und wenn du nicht vernünftig wirst, kommst du hier nie raus.«

VI

Ich erstarrte, die Hand an der Tür. Ich drückte die Klinke hinunter und wußte doch schon, daß die Tür verschlossen war. Ich drehte mich zu ihm herum. Er stand jetzt dicht vor mir. Seine Hand griff in meine Jacke und kam mit der Pistole wieder heraus. Verächtlich warf er sie auf die Liege mitten im Zimmer.

Panik überfiel mich. Ich schwang die linke Hand mit dem Rücken gegen sein Gesicht und traf ihn voll. Dann packte ich ihn an den Schultern und schüttelte ihn.

»Laß mich raus«, schrie ich. »Laß . . .«

Etwas Kaltes, Spitzes berührte mich unter den Rippen. Mein Magen verkrampfte sich. Die Acht-Zoll-Klinge seines Dolches zeigte genau auf mein Zwerchfell. Meine Hände fielen kraftlos hinunter.

Er strich nachlässig über seine sich rötende Wange. »Dafür könnte ich dich töten«, sagte er gelassen.

Ich wartete auf den Stoß. Ich wartete auf den kalten Stahl, der gleich wie eine fremde Zunge in meinen Körper eindringen und das Leben herauslecken würde. Plötzlich gab der Druck nach. Siller warf den Dolch in die Luft und ließ ihn in der Scheide im Ärmel verschwinden.

»Ich mag dich, Dane«, sagte er. »Wir könnten gute Freunde sein, wenn du endlich vernünftig denken würdest. Aber ich versteh' dich nicht. Vielleicht weil du mich nicht verstehst. Stell dir einmal die Galaxis vor. Was siehst du da?«

Seine Stimme klang freundlich und vernünftig. Er tat, als sei nichts passiert.

»Sterne, verstreute Sterne.«

»Und ich sehe Milliarden und aber Milliarden Leibeigene, Sklaven und Freigelassene«, sagte er langsam. »Über ihnen Millionen

Söldner, einige Händler, einige Beamte und Handwerker und wenige Adlige. Das Fundament aber bilden die Leibeigenen, die Sklaven und die Freigelassenen. Du hast sie zwar im Sklavendom gesehen, aber du weißt nichts von ihrem Leben. Verzweiflung, Krankheit, Tod – das ist ihr Leben. Ein kleines Stück Land, ein enger Wohnraum – das ist ihre Welt.«

Er stand auf und schien plötzlich größer.

»Du weißt nichts von ihrem Leben«, wiederholte er. »Ich dagegen weiß. Du weißt nicht, was es heißt, nicht genug zu essen zu haben. Sie kennen nichts als die primitivsten Impulse. Sie vermehren sich, rackern sich ein paar Jahre lang ab, sterben. Wie Tiere, armseliger als Tiere.«

Er hielt inne, seine Stimme wurde weicher. Er wandte sich mir zu. »Wenn du einen von ihnen mit einem gebogenen Stock sein Stück Land pflügen sähest, wenn du einen anderen Raketenköpfe mit radioaktivem Kampfstoff füllen sähest, bis ihm das Fleisch von den Knochen fällt, würdest du ihn da rauszuholen versuchen?«

»Ja«, sagte ich und sah ihm in die Augen.

»Dann gib uns den Kristall«, flüsterte er. »Er ist ihre einzige Chance.«

Ich riß meine Augen von ihm los. Meine Hand kroch zu meiner Pistole. »Warum?« fragte ich. »Wer seid ihr, denen ich den Kristall anvertrauen soll?«

»Die BÜRGER.«

Ich hatte diesen Namen schon einmal gehört. Aber es war nur ein Name. »Was würdet ihr damit tun?«

»Wir würden die Galaxis wiedervereinigen. Ohne Kaiser, Diktatoren oder Oligarchen. Die Macht würde wieder dort sein, wohin sie gehört – in der Hand des Volkes.«

»Ein schöner Traum«, sagte ich. »Aber Ihr Buch behauptet, das sei unmöglich.« Meine Finger krochen näher an die Pistole heran.

»DIE TRIEBKRÄFTE?« fragte er. Seine Augen leuchteten. »Ein ausgezeichnetes Buch. Aber zu pessimistisch. Es bedachte nicht die eine mögliche Lösung.«

Er kam zu mir, beugte sich vor und nahm die Waffe auf. Ich saß bewegungslos und beobachtete, wie er sie um den Zeigefinger wirbelte. Dann lächelte er und steckte sie mir in die Innentasche zurück.

»Wir können so bequemer sprechen«, sagte er.

Ich hatte jetzt die Waffe, aber ich fühlte mich noch mehr als Gefangener denn vorher. »Die Lösung?« fragte ich.

»Eine gleichzeitige Revolution in der gesamten Galaxis«, erklärte Siller ruhig. »Keine Einzelmacht könnte dann aus der Konfusion einen Vorteil ziehen. Anschließend würde eine Konföderation der Welt schrittweise zur vollkommenen Union entwickelt werden.«

»Ein schöner Plan«, lobte ich. »Und warum wird er nicht realisiert?«

»Das Volk«, sagte Siller bitter. »Die dummen Tiere. Sie wissen nicht genug, um eine Revolution zu machen. Und wir allein können es nicht schaffen. Die Herrscher haben alle Kommunikationsmittel unter Kontrolle. Bis auf eines.«

»Bücher?«

Er nickte düster. »Doch es gibt auch einen Weg, das Volk vom Lesen abzuhalten, und sie sind ihn gegangen. Weil das Volk sonst Worte und Gedanken entwickeln und nachdenken würde. Wir könnten sie erziehen und organisieren. Deshalb sagte der KONGRESS: ›Bringt ihnen das Lesen bei!‹ Ich versuchte es. Aber es ist unmöglich. Also brauchen wir Macht, Macht, um die Herrscher wegzublasen. Der Kristall könnte die Waffe sein, auf die wir so lange warten, Dane. Der KONGRESS ist bereit, viel dafür zu bieten.«

Er holte ein Buch aus dem Regal. Während ich hineinschaute, drehte er den TV an. Das Buch war auf robustem Plastik gedruckt.

»... große Typen«, sagte Siller. »Leicht zu lesen. Auch gut geschrieben. Wir haben viele Gedanken und viel Geld in das Projekt investiert. Es sollte den allgemeinen Aufstand und die fundamentale Gleichberechtigung aller Menschen lehren.«

Er zeigte auf den TV.

»Deshalb wollen sie nicht denken«, sagte Siller. »Hier wird

ihnen alles vorgekaut. Und sie schlucken nur und verdauen, was man ihnen vorsetzt...«

Ich wandte mich wieder dem Buch zu. Und seltsam – beim Blättern trat mir wieder das Bild dieses Mädchens vor Augen. Wer immer sie gewesen sein mochte, für sie war das Leben nicht alt und abgegriffen und traurig gewesen. Gefühle waren für sie nicht nur gepeinigte Nerven, Liebe war für sie nicht nur Begehren gewesen. Ich sah sie, schlankgliedrig und voller Angst, schön und vom Tode gezeichnet, bereit, zu lieben und deshalb auch tapfer zu sterben.

Und da erkannte ich mit einem Male, daß das Ziel nie die Mittel rechtfertigen kann...

Siller saß dicht neben mir. Jetzt ekelte er mich an, und meine Angst vor ihm war wie verflogen.

Er faßte meine Hand. »Du bist stark und jung und sauber. Ich mag dich, Dane. Wir könnten Freunde sein, du und ich...«

»Lassen Sie mich in Ruhe«, schrie ich ihn an.

Seine Hand drückte meine. »Sei kein Narr, Dane. Sei vernünftig. Du brauchst mich, ich brauche dich...«

»Halt den Mund!« Etwas explodierte in mir. Meine Hand preßte sich zusammen. Sein Gesicht wurde fahl, weiß und fleckig, wie von Schimmelpilz bedeckt. Seine Zähne knirschten. Ein Stöhnen drang zwischen ihnen hervor. Dann brach seine Hand unter meinem Druck mit einem knorpelig-knirschenden Geräusch zusammen.

Ich ließ sie los. Er versuchte aufzustehen. Seine Linke baumelte formlos herunter. Mein Arm schwang heraum und traf ihn mit voller Gewalt auf den Mund. Er taumelte zur Seite, prallte gegen die Wand und krümmte sich dort vor Schmerz. Meine Hand fühlte sich an, als habe sie in Kot und Unrat gegriffen. Mir schauderte, und ich rieb sie wie wild an meinem Jackenstoff.

Er erholte sich langsam, raffte sich auf. Worte spuckten in einem Dutzend Sprachen von seinen Lippen. Ich schaute ihn an, halb geduckt. Er stand auf einem Fuß und einem Knie. Blut tröpfelte aus einem Mundwinkel. Seine Augen sprühten Wahnsinn. Seine gesunde Hand bewegte sich und schoß schnell wie eine zustoßende

Schlange zum Griff seiner Pistole. Doch ich hatte seine Augen beobachtet und zuerst gezogen.

»Laß das lieber«, warnte ich, die Blitzpistole auf ihn gerichtet, mit eiskalter Stimme. Ich war selbst überrascht über die Gefühllosigkeit, die mich überkommen hatte, jetzt, wo Handeln das Denken ablöste.

Die Pistole halb noch in der Jackentasche, wartete er ab.

»Ich will dich nicht erschießen«, sagte ich tonlos. »Ich bin dir eine Menge schuldig. Nichts, was du tust, kann daran etwas ändern. Aber ich gehe jetzt hier raus. Und wenn du versuchst, mich aufzuhalten, werde ich dich erschießen.«

Das irre Feuer in seinen Augen erlosch langsam. Sie wurden zu haßerfüllten kalten, blauen Eiskugeln.

»Du tötest mich besser«, flüsterte er. »Wenn du mich nicht tötest und gehst, werde ich dich so lange jagen, bis du mich schließlich selbst bitten wirst, ich soll dich töten.«

Wie erstarrt hockte er da vor mir auf einem Knie und auf einem Fuß, die Pistole halb gezogen. »Schieß!« flüsterte er wieder.

Mein Verstand sagte mir, daß er recht hatte. Ich versuchte zu schießen. Aber meine Hand wollte sich nicht zusammenpressen lassen. Einen Augenblick lang wunderte ich mich, daß sie sich einem Befehl meines Gehirns widersetzen konnte.

Siller bewegte sich. Langsam zog er das zweite Bein an, erhob sich auf beide Füße und holte gleichzeitig im Zeitlupentempo die Nadelpistole aus der Jackentasche heraus. Ich stand wie erstarrt. Dann preßte sich meine Hand zusammen.

Nichts geschah. Ich versuchte noch einmal zu schießen. Siller grinste boshaft. »Hast du wirklich geglaubt, ich gebe dir eine geladene Waffe zurück?« Er lachte.

»Du Narr«, sagte Siller, »du blinder, stinkender Narr! Und ausgerechnet du wolltest hier draußen überleben? Ich werde dich jetzt töten, Dane. Ich werde den Kristall auch ohne dich finden. Er ist in der Kirche.«

Seine Augen fixierten mich. Tief aus seiner Kehle kam ein würgendes Geräusch. Seine Pistolenhand bewegte sich, die zerquetschte Linke zuckte synchron mit.

Verzweifelt und in blinder Wut schleuderte ich meine nutzlose Waffe auf ihn, obwohl ich wußte, daß das sinnlos war. Gleichzeitig ließ ich mich flach auf den Boden fallen und hörte ein leises Plopp, das Zischen der Nadel dicht über meinem Kopf und den metallischen Aufprall meiner Blitzpistole. Sie hatte Sillers Waffe getroffen. Blitzschnell war ich auf den Beinen und mit drei schnellen Sprintschritten bei ihm.

Seine Augen zuckten zwischen seiner über den Boden rutschenden Waffe und mir hin und her. Er konnte sie nicht mehr erwischen, ehe ich mit ihm zusammenprallte. Das wußten wir beide. Er bewegte den Arm, und meine Schulter krachte gegen seine Seite. Eigentlich hatte ich ihn in der Körpermitte treffen und gegen die Wand schleudern wollen. Durch einen Schritt nach links entging er jedoch dem vollen Aufprall, taumelte zwar, aber blieb auf den Beinen.

Während ich meinen Schwung abzufangen versuchte, bekam er sein Messer mit der blinkenden Acht-Zoll-Stahlklinge zu fassen. Ich mußte ihn erwischen, ehe er mir damit gefährlich werden konnte. Um sein Gleichgewicht kämpfend, richtete er das Messer zu einem jener hinterhältigen Aufwärtsstöße gegen mich, die einem Mann die Eingeweide aus dem Leib quellen lassen, noch ehe er überhaupt weiß, daß er aufgeschlitzt worden ist. So jedenfalls hatte er mich noch vor kurzem selbst instruiert. Nun konterte ich seinen Angriff, genau wie er es mir beigebracht hatte. Beide Hände dicht nebeneinander zu einem flachen »V« gespannt, versuchte ich sein Handgelenk abzufangen und zu umfassen.

»Stirb!« keuchte er und stieß zu. Doch er stand noch immer nicht ganz sicher, und meine Hände schnappten jetzt auf beiden Seiten seines Handgelenks zu.

Ich dachte nur an das Messer, das ein paar Zoll entfernt von meinem Bauch glitzerte, und versuchte, sein Handgelenk so zu verdrehen, daß er es fallen ließ. Daß ich selbst ein Messer im Ärmel hatte, vergaß ich dabei völlig.

Obwohl er nur eine gesunde Hand hatte, stieß und riß er mich so energisch vor und zurück, daß ein leichterer Mann als ich möglicherweise abgeschüttelt worden wäre. Doch ich hielt sein Gelenk weiter fest, verstärkte den Druck und dachte an nichts anderes. Um ein Haar wäre das böse ausgegangen.

Plötzlich nämlich wurde sein Handgelenk glatt und schlüfrig. Das war kein Schweiß. Es war Blut, mein eigenes Blut. Es floß aus einem Schnitt, den er mir im Moment meines Zupackens im Unterarm beigebracht hatte. Ich verdoppelte meine Anstrengung, sein Gelenk auszuschalten. Seine Knochen begannen zu knirschen.

Mit wilder Kraft warf er sich noch einmal zurück. Als ich mich dagegen stemmte, warf er sich vorwärts. Das Messer kam unaufhaltsam auf mich zu. Gleichzeitig riß er ein Knie hoch, um mir in die Hoden zu treten. Zurück! schrie mir eine innere Stimme zu. Ich ließ mich fallen, drehte mich dabei zur Seite, hielt aber immer noch sein Gelenk umklammert.

Er fiel mit mir. Sein Gelenk verdrehte sich. Ich hörte ein trokkenes, sprödes Schnappen. Siller stöhnte auf, als er den Boden berührte, krümmte sich nach dem Aufprall noch einen Augenblick und lag dann still.

Schwer atmend, aber wachsam stand ich auf. Ich beobachtete ihn einen Moment mit rasselndem Atem. Dann kniete ich neben ihm nieder und schüttelte ihn an den Schultern. Er war völlig schlaff. Ich rollte ihn auf den Rücken.

Seine Linke war ein formloser Klumpen. Die Rechte stand in einem unmöglichen Winkel zum Arm. Ich sah in seine Augen. Weit aufgerissen starrten sie mich an.

Als mir der Kopf schwer auf die Brust sank, sah ich auf seinem Hemd eine erblühende Blume, die schwarze Todesblume, in einem Feld sich ausbreitenden Scharlachrots. Er war in sein eigenes Messer gefallen.

VII

Ich erhob mich von den Knien, taub vor Müdigkeit, Gewissensbissen und miteinander streitenden Gefühlen. Wer immer er gewesen war, was er auch immer für Motive gehabt haben mochte, Siller hatte mir geholfen.

Jetzt war er tot. Alles, was ich berührte, alles, was ich ansah, verdorrte und verwelkte. Ich war ein Todesengel.

Ich ließ Siller liegen. Ich nahm meine Waffe, schob eine neue Energiezelle in den Griff und brannte mit ihr das Schloß aus der Tür, denn ich wollte Siller nicht mehr nach dem Schlüssel durchsuchen.

Durch die Tür gelangte ich in einen mit Schutt und Abfällen bedeckten dunklen Tunnelgang zwischen zwei Mauern. Ich erinnerte mich: In diesem Gang war ich zusammengebrochen, nachdem wir Sillers brennenden Laden verlassen hatten.

Nach einiger Zeit verschwand das Licht der geöffneten Tür hinter mir, und ich stand in undurchdringlicher Finsternis. Hustend und stolpernd, mit ausgestreckten Händen an den dicht aneinandergerückten Mauern mich vorwärtstastend, ging ich weiter. Endlos, wie es mir schien. Schließlich bückte ich mich und tastete mit fliegenden Fingern den Boden ab. Etwas Vielbeiniges, Haariges kletterte über meine Hand. Nur mühsam unterdrückte ich einen Aufschrei. Endlich fand ich, was ich suchte: ein trockenes, armlanges Stück Holz. Ich hielt die Mündung der Blitzpistole an ein Ende und ließ sie Feuer speien. Kleine Flammen züngelten über den Boden. Ich trat sie aus. Doch auch das Holz hatte Feuer gefangen. Mit der flackernden, rauchenden Fackel in der Hand trottete ich weiter. Ich fand die Stelle, die Siller mit der Plastiktür verschlossen hatte. Hier konnte ich nicht raus. Die Tür war unberührt. Es mußte noch einen weiteren Ausgang geben, den

Siller zuletzt benutzt hatte, als er meine Kleider zum Ändern gebracht hatte.

Endlich gelangte ich an das Ende des Tunnels. Auch hier warf eine helle Plastikwand das Licht meiner flackernden Fackel zurück. Sie würde bald erlöschen. Rechts und links von der Plastikwand waren Steinmauern. Ich untersuchte die Wand nach einer Kerbe oder Vertiefung, einem Hebel oder Knopf oder ähnlichem, mit dessen Hilfe ich sie beiseite schieben oder ziehen konnte. Nichts. Die Fackel erlosch. Wieder stand ich im Dunkeln. Ob ich in die falsche Richtung gegangen war? Noch einmal versuchte ich die Wand zu verschieben, zerrte, schob und preßte in wachsender Panik. Und plötzlich schwang sie nach außen. Durch einen zufälligen Druck hatte sie sich in einem unsichtbar in der Decke verborgenen Scharnier bewegt. Ich trat hinaus auf die Straße und ließ die Tür hinter mir zufallen. Hier draußen sah sie aus wie eine graue, halbzerbröckelte Steinwand, die sich nicht von den angrenzenden Mauern unterschied.

Auf der anderen Straßenseite ragte die Kathedrale in den Himmel. Gleich um die Ecke mußte der Eingang sein, die goldene, durchsichtige BARRIERE.

Gegenüber der BARRIERE lag der Buchladen, jetzt nur noch eine rußgeschwärzte, ausgebrannte Ruine. Siller hatte mich belogen. Er hatte mich nach meiner Flucht nicht halb ohnmächtig durch die Stadt wankend gefunden. Ich war vielmehr aus dem Kontrollraum direkt vor seine Haustür versetzt worden. Er brauchte mich nur noch in den Laden zu ziehen. Bei der Landung mußte ich mich verletzt haben oder ohnmächtig geworden sein.

Aber warum hatte er mich belogen? Es gab dafür keinen anderen Grund als Siller selbst, seine Schlauheit, seine Raffinesse. Er hatte mich im Gefühl der vollkommenen Abhängigkeit von sich und der Hilflosigkeit haben wollen. Erschöpft lehnte ich mich an die Mauer.

Was hatte Siller gewollt? Natürlich den Kristall. Er hatte ihn haben wollen und war nun tot, wie die drei Agenten. Einen Augenblick wünschte ich, ich hätte ihm den Kristall gegeben. Doch dann erinnerte ich mich an seine rücksichtslose Gier. Er hatte ihn für sich selbst haben wollen. Die BÜRGER, seine Auftraggeber, hätten ihn erst dann erhalten, wenn er selbst sich von der Nutzlosigkeit des Objekts überzeugt hatte.

Der Kristall wirkte tödlich. Er hatte bereits fünf Menschen umgebracht. Fünf, die ich gezählt hatte. Und wenn Siller nicht gelogen hatte, waren vorher schon viele andere Menschen seinetwegen ermordet worden. Der Kristall sollte bleiben, wo er war. Das Sterben und Töten mußte aufhören.

Ich öffnete die Augen und stieß mich von der Mauer ab. Hier konnte ich nicht bleiben. Ich mußte einen Schlafplatz finden. Es war dunkle Nacht. Ich war dankbar dafür und ging los.

Plötzlich hörte ich ein Flüstern. »Zurück in den Schatten, Mensch. Hier kann dich ja jeder sehen!« Erschrocken wich ich von der Mitte des Gehwegs zurück in den Schatten der Häuserfront. Die Stimme war jetzt ganz nahe: »Du bist ja gar nicht Brand!«

»Nein, ist er nicht«, entschied eine zweite Stimme hinter mir. Der Sprecher war mir so nahe, daß ich den Luftzug am Ohr spürte. Gleichzeitig wurde mir einen Pistolenlauf ins Kreuz gepreßt. Als ich die Mündung der Waffe spürte, wirbelte ich auf dem linken Absatz herum. Mein linker Arm stieß die Hand mit der Waffe beiseite. Die Pistole spie Feuer, verfehlte mich und erhellte die Dunkelheit mit ihrem blauen Blitz. Meine rechte Faust flog durch die Luft, viel zu langsam, wie mir schien. Doch der Kopf des Mannes wich noch langsamer aus, und so traf ich ihn voll ins Gesicht. Der Mann stöhnte auf und fiel zurück. Ich raste los.

Nach zwanzig Schritten zischte der erste blaue Blitz an mir vorbei. Meine Haare sträubten sich. Hinter mir schrien Stimmen. Füße rannten.

»Holt Sabatini! Zielt auf seine Füße! Lauf dort entlang! Schneid ihm den Weg ab!«

Ich konnte sie nicht abschütteln, wenn ich geradeaus lief. Doch so lange konnten sie mich auch nicht erreichen oder mir den Weg abschneiden. Außerdem fürchtete ich die schmalen, dunklen Seitengäßchen, die ich nicht kannte und in denen die Agenten wie zu Hause waren. Sie kannten die Sackgassen, Fallen für so ahnungslose Narren wie mich.

Die Häuser glitten an mir vorbei; Seitenstraßen und Seitenwege blieben hinter mir zurück. Ich atmete immer schwerer, und das Trappeln der Füße hinter mir wurde nicht leiser. Ich brauchte ein Versteck, ehe ich zusammenbrach. Blind tauchte ich in die Finsternis der nächsten Gasse. Die Füße rannten vorbei. Ich lauschte atemlos und schlich weiter in die Schwärze hinein.

Ein paar Schritte weiter prallte ich gegen eine Mauer. Ich tastete weiter. Auch rechts und links nur Mauern. Meine Glückssträhne war vorbei.

Es gab keinen Durchgang. Ich war in der Falle.

Ich blickte hoch. Ein paar Fuß über mir traf sich die Dunkelheit der Gasse mit der etwas weniger schwarzen Dunkelheit des Himmels. Das war also kein Gebäude. Es war nur eine Mauer, deren Krone nicht allzuweit über mir verlief.

Ich sprang. Meine Finger berührten den oberen Rand und glitten ab. Ich sprang noch einmal, mit der Kraft der Angst. Diesmal bekam ich Halt. Lange hing ich so, ohne mich zu bewegen, an den Fingerspitzen. Dann zog ich mich langsam, qualvoll langsam hoch und hatte schließlich die Arme oben auf der Mauer. Wieder mußte ich ausruhen. Vorsichtig und unter größter Anstrengung zog ich jetzt auch den Körper hoch. Danach verließen mich meine Kräfte. Meine Hände konnten mich nicht mehr halten. Ich kippte über den Rand der Mauer und stürzte in einen finsteren Schacht.

Als ich die Augen öffnete, starrte ich in den dunklen Himmel. Es war noch immer Nacht. Ein leises Geräusch traf meine Ohren. Sehr weit entfernt und sehr leise. Das Geräusch war ganz nahe. Es war das Flüstern von Schuhen auf dem Pflaster auf der anderen Seite der Mauer. Sie schlichen näher.

Vorsichtig stand ich auf. Ich fühlte mich erstaunlich gestärkt. Anscheinend war ich in einem Innenhof gelandet. Er war gepflastert. Der Boden lag erheblich höher als draußen auf der Straßenseite. Die Mauerkrone reichte hier nur bis zu meinen Schultern.

Die Füße draußen hielten jetzt an. Es waren nur zwei. Dann ein weiches, wischendes Geräusch: zwei Hände, die die Mauer abtasteten. Auf der anderen Seite flammte Licht auf. Ein Bums und ein Scharren an der Mauer. Dann ein leises Schnaufen. Vor dem grauen Dunkel des Himmels zeichnete sich ein schwarzer, runder Kopf ab. Er bewegte sich und versuchte die Dunkelheit unter sich zu durchdringen.

Meine rechte Hand schoß hoch und packte ihn an der Kehle. Mit der Linken griff ich ihn am Genick und zog ihn über die Mauer. Er wand und krümmte sich vergebens. Seine Nackenmuskeln spannten sich in wildem Krampf. Ich fühlte, wie seine Augen hervorquollen, und sah trotz der Dunkelheit, wie sich sein Gesicht purpurrot verfärbte. Ich lehnte mich zurück und zog noch einmal. Ein schlaffer Körper fiel halb auf die Füße, halb auf den Boden.

Ich kniete neben ihm. Ich hörte sein Herz schlagen und atmete auf. Es waren schon genug Menschen gestorben. Ich zog ihm Jacke und Hemd aus, riß ein paar Stoffstreifen ab und fesselte ihm Hände und Füße. Den Rest des Hemdes stopfte ich ihm als Knebel in den Mund.

Dann zog ich mich wieder an der Mauer hoch. Ich lauschte einen Augenblick und sprang ins Dunkel unter mir. Vorsichtig glitt ich in die Straße hinaus. Sie schien leer zu sein. Eilig, aber nicht zu schnell ging ich dicht an der Häuserfront entlang und atmete tief durch. Das war keine gewöhnliche Luft. Meine Lungen tranken sie wie Wein. Ich ging in eine Richtung, aus der ein leichtes Glühen zu kommen schien.

Nach ein paar Minuten hatte ich die Grenze des Lichtscheins erreicht. Die Wohnhäuser hatten sich nach und nach verändert. Sie waren jetzt größer, hatten sauberere Fassaden. Durch erleuchtete Fenster konnte man komfortable und luxuriöse Wohnungen erkennen. Die Warenhäuser, die in dem Viertel um den Sklavendom meistens verlassen und aufgegeben worden waren, hatten hier kleineren Läden mit verschwenderisch dekorierten, hell erleuchteten Schaufenstern Platz gemacht.

Vor mir tat sich eine breite Plaza auf. Die Häuser glänzten im Schein der Reklamelichter. Aus offenen Toren fielen breite Lichtteppiche auf die Gehwege.

Stürmisches Gelächter erklang aus diesen Häusern, Gläserklirren und das Geschrei vieler Stimmen. Auf den Straßen waren nur wenige Menschen.

Ein uniformierter Söldner in glänzendem Scharlach und Gold trat aus einem Tor ins Freie und blinzelte mich wie eine Eule an. Als er meine schwarze Uniform erkannte, zuckte er zusammen und rannte davon.

Zögernd trat ich durch eine der weit geöffneten Türen. Dieses Haus schien nicht so gedrängt voll wie die meisten anderen zu sein. Die heraustönende Musik schien weicher und melodischer. Ich blieb am Eingang stehen und blinzelte ins Licht. Durch den nebelähnlichen Rauch, der über den Köpfen der Menge lag, klangen klar und deutlich ein Saiteninstrument und der weiche Gesang einer weiblichen Stimme . . .

Plötzlich brach die Sängerin ab. Das Stimmengemurmel erstarb. Als sich meine Augen endlich an das Licht gewöhnt hatten, sah ich, daß sämtliche Gesichter sich mir zuwandten. Sie starrten hart, fast feindselig auf meine Uniform. Mein Blick glitt zu einem Mädchen, das mit einem Holzinstrument auf dem Schoß auf einem Tisch saß. Als sich unsere Augen trafen, schlugen ihre Finger eine leise, klirrende Dissonanz auf dem Instrument. Ihre Augen waren blau und abgrundtief.

Ich zuckte zusammen. Einen Augenblick lang hatte sie mich an das Mädchen erinnert. Doch Frieda, wie Siller sie genannt hatte, war blond gewesen. Diese hier war außerdem kleiner und nicht so schön. Oder bildete ich mir das jetzt in der Erinnerung nur ein? Sie hatte langes, braunes Haar, das ihr auf die Schultern fiel, gebogene dunkle Brauen, eine ein bißchen höher als die andere und etwas stärker gekrümmt. Ihre Augen waren unglaublich blau, die Nase gerade und kurz, der Mund lebhaft und voll. Die herrlichen Schultern wurden von einer gelben Tunika mehr enthüllt als bedeckt.

Noch immer blickte sie mich unverwandt an. Mit einem Male bewegten sich ihre Augen, schienen größer zu werden, glitten suchend durch den Raum und wieder zurück zu dem Instrument. Ein bitteres Lächeln erschien auf ihren Lippen, als ein reiner, klarer Akkord ertönte.

...und zwischendurch eine LUX-Filter *1
BRINKMANN
LUX
FILTER
CIGARETTEN
Aromafrisch
* Die leichte Würze eines schönen Tages

Wir suchen 1000 unverheiratete Leserinnen und Leser für den kostenlosen Computer-Groß-Test

Machen Sie diesen Gratis-Test. Sie erfahren, wieviel Heirats-Chancen Sie haben. Ferner erhalten Sie kostenlos die Beschreibung Ihres Idealpartners, den der Computer auf Grund Ihrer Angaben für Sie gefunden hat. Kostenlos erhalten Sie außerdem die Auswertung des Farbtests und eine umfangreiche farbige Informationsbroschüre.

Um Ihren Idealpartner zu finden, sind die folgenden Angaben wichtig. Diese Angaben vergleicht der Computer mit denen von über 30 000 Menschen, die die feste Absicht haben, einen Ehepartner zu finden. ☐ Herr ☐ Frau ☐ Fräulein

Vorname: ____________________

Name: ____________________

PLZ/Wohnort: ____________________

Straße: ____________________

wohnhaft bei: ____________________

Staatsangehörigkeit: ____________________

Geburtsdatum: ____________________

Körpergröße _____ cm

Ihr Idealpartner soll auch mit den folgenden Angaben einverstanden sein:

☐ Sind Sie ledig
☐ geschieden
☐ verwitwet
☐ Sind Sie evangelisch
☐ katholisch
oder ____________________

Falls Sie ein körperliches Leiden haben, welches? ____________________

Falls Sie unterhaltspflichtige Kinder haben, wie viele? ____________________

Ihre Ausbildung, Ihr Beruf ist wichtig, denn Ihr Idealpartner soll sich dafür interessieren.

Welche Schulbildung haben Sie?
☐ Volksschule ☐ Mittelschule
☐ Gymnasium ☐ Fachschule
☐ Uni/Hochschule

Ihr Beruf: ____________________

Wo sind Sie beschäftigt: ____________________

____

Ihr monatliches Einkommen wird geheim bleiben. Wir möchten daraus nur erkennen, wie hoch Ihr Lebensstandard ist, denn Ihr Idealpartner sollte nicht mehr Ansprüche stellen als Sie selbst.
Ihr monatliches Brutto-Einkommen beträgt ungefähr
☐ bis zu 400 DM ☐ bis zu 1500 DM
☐ bis zu 800 DM ☐ über 1500 DM
☐ bis zu 1200 DM

Kreuzen Sie an, was Sie in Ihrer Freizeit bevorzugen. Denn Ihr Idealpartner soll die gleichen Interessen haben wie Sie.

☐ Sport treiben
☐ Unterhaltungssendungen
☐ Problemsendungen
☐ berufl. Weiterbildung
☐ Basteln/Handarbeit
☐ Musizieren
☐ Bildungslektüre
☐ Unterhaltungslektüre
☐ Tanzen
☐ Diskussionen
☐ Wandern
☐ Familienleben

Wesenstest.

In das Feld der Farbe, die Ihnen am besten gefällt, schreiben Sie eine 1. Die Ihnen am zweitbesten gefällt, bekommt eine 2. Die drittbeste eine 3. Die viertbeste eine 4. Die Farbe, die Ihnen am wenigsten gefällt, bekommt eine 5.

Bitte erklären Sie jetzt noch mit Ihrer Unterschrift, daß Sie unverheiratet sind und das komplette Gratisangebot erhalten möchten. Ihre Angaben werden streng vertraulich behandelt.

Unterschrift ____________________

TBW

Reißen oder schneiden Sie einfach diese ganze Seite heraus und senden Sie sie heute noch in einem unfrankierten Briefumschlag ab an:
Altmann, 2 Hamburg 76, Postfach.

Sie liefern die Liebe – wir liefern den Partner. Die Beschreibung eines von über 30.000 möglichen Partnern aus

Komm zurück, komm zurück, mein Freund
Aus jener fremden Welt.
Ich greife nach den Sternen
Und hole dich zu mir ...

Ihre Arme breiteten sich aus, als wollten sie mich an sich ziehen. Der Raum dröhnte vom Gelächter der Menge.

VIII

Ich fühlte, wie mein Gesicht purpurrot anlief.

Ich entdeckte im Hintergrund eine Nische und ging hin. Widerwillig brachte ein Kellner mir ein Glas Wein. Ich brütete darüber, düster den Kopf auf die Hände gestützt, ob ich wohl je die Kraft aufbringen würde, diesen Ort zu verlassen.

Ich glaube, daß ich Stunden so gesessen hatte.

Ich starrte in das Glas mit dem ekelhaft süßen, gelben Wein vor mir auf dem Tisch.

»So, Freundchen, du hast deinen Drink gehabt. Jetzt hau endlich ab!«

Die Aufforderung wurde wiederholt. Die Stimme klang lauter und wütend. Erst jetzt bemerkte ich, daß sie mir galt. Langsam hob ich die Augen von meinem Glas, vorbei an einem orangeblauen Fettbauch, höher und höher bis zu einem breiten, unrasierten Gesicht, von Zorn und Wein geröteten Gesicht. Verständnislos starrte ich den Burschen an.

»Dein Typ ist hier nicht erwünscht, Freundchen«, sagte der kaiserliche Söldner. »Besser, du gehst jetzt, solange du noch laufen kannst.«

Der Fettbauch schwankte bedenklich. Vielleicht lag das aber auch an mir. Mühsam versuchte ich auf die Beine zu kommen, unentschlossen, ob ich sein feistes, arrogantes Gesicht so widerlich fand, daß ich es ein bißchen verändern sollte. In meinem Hinterkopf flüsterte mir eine Stimme kühl und nüchtern zu, daß ich aus diesem Lokal nicht mehr lebendig herauskommen würde, wenn ich ihn schlug. Ich entschied, daß das gleichgültig sei. Ich mochte seine höhnische Bemerkung nicht. Ich mochte auch nicht die Art, wie er seinen Mund dabei verzog. Vor allem mochte ich sein Gesicht nicht. Es würde mir ein Vergnügen sein ...

Eine Gestalt glitt zwischen uns beide. Mein unrasierter Orange-

Blau wurde zur Seite gedrängt und ich in meinen Stuhl zurückgestoßen.

»Laß ihn in Ruhe«, sagte eine klare Stimme. »Siehst du nicht, daß ihm übel ist.«

»Ach, Laurie«, jaulte der streitsüchtige Söldner wie ein junger Hund, dem man sein Futter wegnimmt. »Du würdest selbst noch mit einem wildgewordenen Eber Mitleid haben. Aber dieser . . .«

»Laß ihn in Ruhe«, befahl die klare Stimme noch einmal. Sie klang trotz ihrer Erregung glockenrein. Orange-Blau verschwand murrend aus meinem Gesichtskreis. Etwas Gelbes und Blaues und Rotes und Dunkelbraunes glitt in den Sitz mir gegenüber.

»Mir ist überhaupt nicht übel«, protestierte ich und kniff die Augen zusammen. Aus der Nähe sah sie noch viel hübscher aus als vorhin. Ihr Gesicht war jung, doch ihre blauen Augen blickten dunkel und weise wie die einer uralten Frau und brunnentief. Ein Mann könnte in diesen Augen ertrinken, dachte ich. Laurie. Laurie. Mir gefielen diese zwei Silben. Ich wiederholte sie noch ein paar Mal in meinem Gedächtnis.

»Sie sind krank. Da oben.« Sie tippte an die Stirn. »Aber deshalb habe ich das nicht gesagt. Ich wollte Mike nur davor bewahren, von Ihnen umgebracht zu werden. Er ist mein Freund. Und ich will nicht, daß man meine Freunde umbringt.«

»Ich will auch nicht, daß meine Freunde umgebracht werden. Und trotzdem sterben sie einer nach dem anderen. Sie denken, ich habe sie getötet?«

Sie nickte. »O ja. Ihnen ist alles gleichgültig. Ihnen ist ja auch egal, ob Sie leben oder tot sind. Deshalb sind Sie das gefährlichste Lebewesen in der Galaxis.«

»Und wohl auch das toteste«, sagte ich bitter. »Sie haben recht. Ich glaube, ich hätte ihn getötet. Aber einmal ist man das ewige Davonlaufen leid. Einmal bleibt man stehen und schlägt zurück . . .«

»Töten löst doch keine Probleme.«

Ich lachte rauh. »Es löst immerhin das Problem, wer getötet wird, man selbst oder der andere. Aber davon haben Sie keine Ahnung.«

»Ich weiß.«

»Vor einer Woche – vor ein paar Tagen noch hätte ich Ihnen zugestimmt. Ich hätte alles getan, um nicht töten zu müssen. Inzwischen habe ich gelernt: wer leben will, muß töten. Und ich habe bereits vier Männer getötet.«

Sie legte ihre Hand auf meine. Es war eine mütterliche Gebärde, so als ob eine Mutter ihr Kind trösten will. »Es tut weh, nicht wahr?«

Ich schleuderte ihre Hand weg. »Sie wissen nichts«, sagte ich. »Die Welt ist häßlich und grausam. Die Welt ist Krankheit und Tod, Folter und Betrug, Grausamkeit und Sucht und Haß und Furcht und Gier. Warum soll ich also nicht töten? Warum soll ich also nicht töten?«

»Weil Sie ein Mensch sind.«

»Ich bin freier Agent. Agenten sind keine Menschen.«

»Aber Sie sind kein Agent.«

Ich blickte schnell auf. Die Bewegung riß mich beinahe um.

»Sie wissen nichts«, sagte ich schwach. Aber es hatte keinen Sinn. Sie wußte es. Und ich fühlte mich erleichtert.

»Sehen Sie Ihre Hände an«, sagte sie. Sie nahm meine Hand noch einmal und legte sie, Handfläche nach oben, auf den Tisch.

»Keine Schwielen. Zart und gutgeformt, außer der Brandwunde. Aber es gibt noch mehr Beweise. Sie gehen nicht wie ein Mörder. Ihnen fehlen Arroganz und Vorsicht. Und Ihr Gesicht, so häßlich wie es ist«, – sie lächelte, als ob sie an dieser Häßlichkeit etwas Schönes entdeckt hätte – »Sie können die Lebenslinien nicht wegwischen, auch nicht durch ein paar Tage der Angst und Gewalt.«

Ich blickte weg. »Laurie. Sie heißen Laurie. Was tun Sie hier?«

»Ich? Ich unterhalte die Leute.«

»Hier?«

»Hier und anderswo.«

»Das kann doch nicht viel einbringen.«

»Oh, es macht mir Spaß.« Sie lächelte. »Ich singe gern. Ich hab' es gern, wenn die Leute glücklich sind.«

»Die dort?« Ich zeigte auf die betrunkene, grölende Menge.

»Sogar die.« Es war das zweite Mal, daß sie einen solchen

Ausdruck gebrauchte. Es klang wie ein Glaubensbekenntnis. In einer plötzlichen Einsicht erkannte ich, daß es zwischen der Kirche und der brutalen, mörderischen Welt noch etwas Drittes geben mußte. Oder vielleicht nicht dazwischen. Eher darüber.

Die Erkenntnis traf mich wie ein Schlag. »Mein Gott«, sagte ich. »Mein Gott.« Es kam heraus wie ein Stöhnen. Ich fühlte Tränen in den Augen. Meine Schultern zitterten. Ich konnte es nicht verhindern. »Was ist mit mir?« ächzte ich.

Ich fühlte eine kleine Hand auf meinem Kopf. Sie streichelte mein struppiges Haar. »Armer Junge«, flüsterte sie. »Wovor läufst du davon? Warum läufst du davon? Ist es wirklich so furchtbar?«

»Laurie! Ich werde dir nie die Antwort auf diese Fragen geben. Du darfst sie nicht wissen. Denn die Wahrheit ist tödlich.«

Ihre Hand erstarrte auf meinem Kopf und preßte ihn fest nach unten. Instinktiv versuchte ich hochzukommen. Doch ihre Hand drückte noch fester. Das Lokal war plötzlich still wie ein Grab.

»Rühr dich nicht«, flüsterte sie. »Sie stehen im Eingang wie du vorhin und suchen jemanden. Vielleicht gehen sie, wenn sie ihn nicht finden.«

»Wer?« flüsterte ich. »Wer sind sie?«

»Agenten«, hauchte sie. »Drei. Keine Imitationen wie du. Sie sind echt, so echt und so gefährlich wie gereizte Nattern. Jetzt blicken sie hierher.« Ich fühlte, wie ihre Hand zitterte. »Was für kalte, harte schwarze Augen!«

»Wer?« Meine Stimme war rauh und tief. »Wie sieht er aus?«

»Dunkel – amüsiert – eiskalt. Er hat eine große Nase. Keine lustige Nase. Sie ist furchtbar.«

Sabatini. Ich zitterte.

»Rühr dich nicht!« In ihrer Stimme war Angst. Dann seufzte sie. »Sie sehen weg und gehen. Nein. Der Dunkle hat sie zurückgerufen. Jetzt kommen sie herein.«

Ich versuchte, den Kopf hochzubekommen, aber sie hielt mich unten. Sie schob ihr Gesicht an meins. Ich fühlte die weiche Seide ihres Haars an meiner Backe und den Hauch ihres wispernden Atems an meinem Ohr.

»Hör genau zu! Hinter mir ist eine Tür. Sie führt auf eine

Gasse hinaus. Wenn du eine Chance hast, gehst du dort raus. Warte in der Gasse auf mich. Ich hole jetzt Mike. Verprügle ihn. Schlag ihn fest, aber verletze ihn nicht mehr, als du mußt. Verstehst du?«

»Tu das nicht«, sagte ich. »Tu das nicht, denn ...«

Sie schrie gellend auf. Es klang wie Wut und Beleidigtsein. Als sie die Hand lockerte, kam mein Kopf hoch. Sie schlug mir wütend ins Gesicht. Der neue Schmerz auf der alten Brandwunde trieb mir die Tränen in die Augen. Meine Zähne knirschten.

Ich fühlte einen harten Griff an der Schulter. Orange-Blau war wieder da.

»Du schleimige Kanalratte«, tobte Orange-Blau. »Ich zerreiße dich mit bloßen Händen.«

Meine Hand fuhr hoch und goß ihm den Rest der gelben Flüssigkeit aus meinem Glas klatschend ins Gesicht. Ich sprang auf, schob mit den Knien den Tisch weg und schwang noch im Aufstehen die Faust. Sie verschwand in Orange-Blaus Bauch. Seine Hand lockerte sich. Ich holte zu einem zweiten Schlag aus. Diesmal wollte ich sein Gesicht ... Doch da erinnerte ich mich an Laurie, öffnete die Faust und stieß ihn nur zurück. Er stolperte rückwärts. Tische und Stühle zerbrachen, Männer brüllten, Frauen kreischten.

Ich wandte mich Laurie zu. Ihre blauen Augen bettelten: Geh!

Ich ging. Ich drehte mich um. Einen Augenblick entstand eine Schneise in dem Knäuel von kämpfenden, zappelnden Körpern. Sie führte zum Hinterausgang. Ich sprang mit einem Kopfsprung hinein.

IX

Wieder lag der Traum auf mir wie eine erstickende Decke: jagende Füße, Brennen in meiner Hand, Fallenlassen der glühenden Kohle und Scham und Leere und Einsamkeit ...

Ich erwachte schweißgebadet. Ich lag auf einer harten, glatten Fläche. Ich lag auf dem Rücken und öffnete die Augen. Die Sonne schien durch ein enges Fenster herein, fiel auf einen dunkelroten Plastikfußboden. Ich setzte mich auf. Es war nur ein kleiner Raum, mit einem Tisch, zwei Stühlen, einer kleinen Nische und einem Kühlschrank. Langsam kam die Erinnerung zurück ...

Das Licht der Straße hatte mit forschenden Fingern in die dunkle Gasse hineingegriffen. Ich war nur noch wenige Schritte davon entfernt gewesen, als eine Stimme aus dem Dunkel flüsterte: »Warte! Geh nicht dort hinaus. Warte!«

Hilflos hatte ich gewartet, bis sie bei mir war. Ich ließ zu, daß sie einen Arm um meine Schultern legte, und erlaubte ihr, daß sie mit der anderen mein Gesicht dem ihrem zuwandte. Als ich so zum erstenmal dicht vor ihr stand, sah ich erst, wie klein sie war. Ihr dunkler Kopf reichte mir knapp bis zur Brust.

»Ich habe dir gesagt, du sollst warten«, grollte sie. »Männer haben überhaupt keinen Verstand.«

»Sie sind hinter mir her«, hatte ich gesagt. »Du weißt das. Wenn du bei mir bist, wenn sie mich schnappen, werden sie dich auch töten, weil du dich eingemischt hast.«

»Aber ich habe mich doch schon längst eingemischt. Wohin gehst du?«

Ich zuckte die Schultern. Wenn ich nur einen einzigen Ort oder Namen gewußt hätte, den ich ihr nennen konnte, hätte ich sie damit belogen.

»Komm mit mir. Du kannst nicht auf der Straße schlafen.«

Und so war ich mit ihr gegangen. Unterwegs hatte sie nur noch einmal gefragt: »Warum sind sie hinter dir her?«

»Sie wollen etwas und glauben, daß ich es habe.«

»Hast du es?«

»Nein. Aber ich weiß, wo es ist.«

»Gehört es ihnen?«

»Nein.«

Erst als wir in ihre kleine Wohnung eingetreten waren, hatte ich bemerkt, daß ihr Instrument zerbrochen war. Die Saiten pendelten spiralenförmig von seinem Hals herunter.

»Es ist kaputt«, sagte ich dümmlich.

Sie hatte traurig gelächelt. »Es kann repariert werden. Schneller als einige der Köpfe, die heute nacht zerschlagen wurden.«

»Meinetwegen.«

Sie hatte gezögert. »Deinetwegen. Ich dachte, es sei notwendig.«

»Das war falsch.«

Sie hatte mich angelächelt: »Das weiß man noch nicht.«

Ich sah mich in dem Zimmer um. Sie nickte zur Tür. »Dort ist nur ein Bett.«

»Ich schlafe hier auf dem Boden. Ich habe schon schlechter geschlafen.«

Ihr Lächeln war fast scheu. Als sie an der Tür zögerte, fiel mir etwas ein.

»Du weißt nicht mal meinen Namen.«

Sie hatte sich umgedreht. »Das stimmt.«

»Ich heiße William, William . . .«

»Das ist genug. Gute Nacht, William.« Sie hatte die Tür zugedrückt, ohne abzuschließen.

Auf dem Plastikboden lag eine Decke. Sie mußte noch einmal herausgekommen sein und mich damit zugedeckt haben. Ich biß die Zähne zusammen. Der Traum hatte mir eins klargemacht: Ich mußte hier weg, ehe auch sie ein Opfer des Kristalls wurde.

Schnell und leise stand ich auf und glitt zur Tür. Sie öffnete sich leicht nach draußen ...

»Wohin gehst du?« fragte Laurie vorwurfsvoll.

Ich wandte mich um. Sie stand in der Tür ihres Schlafzimmers, ein weißes Gewand um die Schultern, das beinahe bis zum Boden reichte. Mit ihren schlaftrunkenen Augen und den zerwühlten Haaren sah sie fast aus wie ein kleines Kind.

»Ich wollte gehen, bevor du aufwachst. Das wäre sicher unhöflich, aber besser für dich und für mich gewesen.«

»Sei vernünftig«, sagte sie und warf den Kopf zurück. »Sie suchen dich bestimmt immer noch.«

»Sie werden mich immer suchen. Doch jede Minute, die ich hier bleibe, vergrößert die Gefahr für dich.«

»Komm zurück«, befahl sie energisch. »Setz dich. Wenigstens mußt du vorher etwas essen.«

Ich gehorchte. Sie öffnete den Kühlschrank, holte Schinken, ein paar Eier und kalte, gekochte Kartoffeln heraus.

Als sie die Kartoffeln in Scheiben schnitt, fragte sie mehr sich selbst als mich: »Ist das nicht seltsam? Überall, auf welche Welt du auch kommst, findet man Schweine, Hühner und Kartoffeln.«

»Das wußte ich nicht.«

»Es stimmt aber. Alle anderen Tiere und Gemüse gibt es nur auf einem oder auf einer Gruppe Planeten. Nur diese drei sind überall. Genau wie die Menschen. Und die Menschen können einander von Planet zu Planet heiraten und Kinder zeugen, genau wie die Schweine und die Hühner. Der Rest kann das nicht. Ist das nicht merkwürdig?«

»Ja«, sagte ich und überlegte, was sie damit meinte.

Der Schinken brutzelte. In einen zweiten Tiegel schlug sie jetzt die Eier. »Wie erklärst du dir das?«

Ich runzelte die Stirn. »Da gibt es wahrscheinlich nur eine Erklärung. Die Menschen müssen ursprünglich alle von einem Planeten abstammen. Sie breiteten sich über das Universum aus und nahmen dabei Schweine, Hühner und Kartoffeln mit.«

Als sie sich wieder umdrehte, war ihr Gesicht – vielleicht von der Hitze des Ofens – gerötet. »Siehst du. So klar ist das. Und doch finde ich keinen, der das zugeben will. Lieber mißtrauen sie einander und hassen sich wie Fremde, anstatt zuzugeben, daß wir alle verwandt sind.«

»Ähnlich spricht Juda im BUCHE DES PROPHETEN«, sagte ich nachdenklich. »Nicht in denselben Worten, aber die Lehre der Kirche ...«

»Du gehörst also zur Kirche«, sagte sie schnell. »Ich hätte es mir denken können.«

Sie verteilte das Zubereitete auf zwei Platten. Wir aßen. Einen Augenblick lang dachte ich, wie schön es wäre, Tag für Tag hier zu sitzen, zu essen, was Laurie kochte, und ihr ausdrucksvolles Gesicht zu beobachten.

»Warum hassen die Menschen einander so sehr?« fragte ich schnell.

»Sie haben Angst davor, verletzt zu werden. Sie bauen sich eine Festung und sitzen darin, geschützt und noch immer voller Furcht. Voller Furcht, daß jemand eindringen und sie darin finden könnte, nackt und hilflos, wie sie sind. Denn dann könnten sie verletzt werden. Wir sind eine ganze Galaxis voller Welten, die sich unaufhörlich nur um sich selbst drehen, sich nie berühren, in unsere Festungen geduckt, allein, immer allein ...«

»Wenn wir die Mauern alle auf einmal einreißen könnten. Wenn jeder jeden sehen könnte, als Menschen, die auf Freundschaft hoffen und Furcht vor Schlägen haben.« Das war eine überwältigende Vision. Ich saß da und ließ mich davon verzaubern.

Als ich wieder aufblickte, hatte Laurie Tränen in den Augen. »Du hast recht«, flüsterte sie. »Das wäre wunderbar.«

Wir beendeten unser Mahl schweigend. Schließlich schob ich den Teller zurück und stand auf.

»Ich laß dich nicht eher, als bis ich weiß, wohin du gehst«, sagte sie fest.

Ich zuckte die Schultern. »Ich weiß es nicht. Vielleicht werde ich die Stadt verlassen ...«

»Du kennst niemanden auf dem Land und niemanden in der Stadt.«

»Was soll ich tun?« fragte ich hilflos.

»Ich kann einen sicheren Platz für dich finden«, sagte sie eifrig. »Ich kann dir Essen bringen. Und du kannst so lange dort bleiben, bis sie es aufgeben, nach dir zu suchen. Ich habe Freunde ...«

Das war unendlich verlockend. Aber ich wußte, daß es falsch war. »Nein«, entschied ich. »Es ist zu gefährlich. Ich kann dich nicht noch mehr riskieren lassen.«

Sie seufzte. »Es gibt vielleicht doch eine Chance. Verlaß Brancusi.« – »Brancusi verlassen? Wie soll ich das schaffen?«

Ich überlegte. Ein Schiff in eine andere Welt nehmen, weit draußen bei den Sternen. Noch einmal von vorn anfangen.

»Es wird nicht einfach sein. Du kannst nicht einfach irgendwo an Bord eines Schiffs gehen und starten. So leicht bekommt man keine Passage.«

Sie kritzelte etwas auf einen Zettel und schob ihn mir über den Tisch zu. »Hier. Such diesen Mann. Er arbeitet für die Händler. Du wirst ihn im Raumhafen finden. Zeig ihm diese Botschaft, und er wird dir helfen. Es kann teuer werden. Hast du genug Geld?«

Meine Hand griff nach dem Leibgürtel. »Ja«, sagte ich und blickte auf den Zettel.

»George Falescu, bitte verhilf diesem Mann zu einer Passage. Es ist wichtig für Laurie.«

Das war alles, in einer sauberen, flüssigen Handschrift, ohne jeden überflüssigen Schnörkel. Die Unterschrift wirkte energisch und war gut lesbar. Nur anstatt des Punktes auf dem »I« ihres Namens hatte sie einen kleinen Kreis gezeichnet.

Dann gab sie mir weitere Instruktionen.

Ich stand auf und ging zur Tür und wagte nicht zurückzusehen. »Will!« Laurie stand auf einmal dicht neben mir.

Als ob sie nicht anders ausdrücken könnte, was sie mir noch sagen wollte, legte sie ihre Hände hinter meinen Kopf und zog ihn sanft hinunter zu sich. Auf den Zehenspitzen stehend preßte sie ihre Lippen auf meine.

Ihre Lippen waren weich und warm und süß. Und dann waren sie fort, und sie war fort, und ich ging hinaus in den Sonnenschein und die Treppen hinunter in die Stadt.

X

Ich sah die Kaiserstadt, wie ein Fremder von einem anderen Planeten sie betrachtet haben könnte. Im weißen Licht der Morgensonne wurde ihre Häßlichkeit erbarmungslos enthüllt: eine Stadt, von der Wind und Wetter alle Farben weggewaschen hatten, brüchig, nackt in ihrem kahlen Weiß und ihren düsteren Schatten.

Es war eine Stadt des Niedergangs und des Verfalls.

Ich ging langsam und mit wachsamen Augen. Vorbei an endlos langen Mietskasernen, baufälligen Steinhaufen, die immer wieder mit brüchigem Mörtel geflickt worden waren, Plastikschuppen, zerbrochen, repariert, wasserdurchlässig, von Rauch und Sickerwasser fleckigen Warenhäusern. Dazwischen keine Pflanze, kein Grün, nur Steine, Plastik, Schutt und Trümmer ...

Ich sah die Menschen dieser Stadt: Leibeigene, die vom Markt zu den Feldern heimkehrten, Freigelassene, die eilig auf Botengängen trabten, einen oder zwei Handwerker, die ihr Gildenabzeichen stolz als farbigen, achtungsheischenden Fleck auf der Jacke trugen. Wenn dieser Fleck weiß war, lag die Ehrfurcht nahe bei der Furcht. Weiß ist das Zeichen der Facharbeiter, die mit radioaktivem Material zu tun haben. Ihr engster Mitarbeiter ist der Tod.

Doch sie alle traten stumm beiseite, wenn ich näher kam. Nur ihre Augen sprachen, ehe sie sich hastig abwendeten. Sie sagten mir: »Ich bin arm, elend und unbedeutend. Du kannst mich töten. Aber du wirst dich nicht um Leute kümmern, die so arm, unbedeutend und elend sind wie ich. Ich weiß nichts. Ich besitze nichts. Ich bin nichts.« Und manchmal sagten sie auch: »Wenn wir allein wären, und ich fände dich eines Nachts schlafend oder verwundet in einer dunklen Gasse, dann ...«

Nur allmählich änderte sich der trostlose Anblick der Stadt.

Die Warenhäuser machten kleineren Geschäften Platz, die Mietskasernen wurden von prachtvollen Villen in großzügig angelegten Parks abgelöst. Hier und da tauchten einige Händler auf. Die meisten bummelten oder standen in Gruppen herum. Aber ich sah keine freien Agenten.

Ich hatte zwar noch nie zuvor einen Händler gesehen, doch hier erkannte ich diese Angehörigen der nach dem Adel einflußreichsten und mächtigsten Kaste sofort. Sie prunkten mit Phantasiekleidungen nach der Mode anderer Planeten und mit fremdartigem Schmuck. Einige der mächtigen und reichen Männer betrachteten gemeinsam mit ihren Frauen die Auslagen exklusiver, kleiner Läden. Andere fuhren in schlanken, schnellen Bodenfahrzeugen vorüber. Einmal ließ sich gar ein Helikopter auf eins der flachen Dächer nieder. Eine Gruppe Aristokraten stieg aus, Männer und Frauen. Sie waren in kostbare Stoffe gekleidet, standen einen Augenblick am Rand des Dachs, blickten auf die Straße hinab und verschwanden.

Vor einem der Schaufenster blieb ich stehen. Ein fremdes Gesicht starrte mir entgegen. Das erste Mal seit meiner Flucht aus dem Kloster sah ich mich im Spiegel.

Mein Haar, im Kloster kurz und fast bis auf die Kopfhaut geschoren, sah jetzt aus wie ein rauhes, struppiges Strohdach. Das Gesicht mit der hohen Stirn, den vorstehenden Backenknochen und dem plumpen Kinn war durch den Feuerstrahl der Blitzpistole schwarzverbrannt. Ein weißer Streifen quer über den Augen teilte es in zwei Hälften. Die Augenbrauen waren versengt, die Wimpern glichen Borsten. Die Augen waren noch immer braun, aber auf eine seltsame Weise dunkler, als sie je zuvor gewesen waren, und hatten einen sonderbaren Blick. Sie wirkten nicht mehr ruhig, vertrauensvoll und offen, sondern schienen hart, mißtrauisch und kalt.

Merkwürdigerweise war ich froh über diesen Anblick. Das ganze Gesicht, so mager, vernarbt und hart es geworden war, schien nicht mehr dasselbe wie vor einer Woche. Es sah aus wie das Gesicht eines Mannes, der eine Katastrophe überlebt hat und der weitere überleben will und wird. Und trotzdem – um die Augen

– war es nur der Streifen weißer Haut, die dort unversehrt geblieben war? – glaubte ich doch einen Ausdruck von Unsicherheit und sogar Furcht zu erkennen. Der Mund, beweglich und voll, zeigte einen Zug von Schwäche.

Plötzlich bemerkte ich, daß meine Hände schwitzten. Ich wischte sie schnell an den Hosenbeinen ab, drehte mich um und ging weiter in Richtung Palast.

Ich hielt mich im Schatten der dichtbelaubten Bäume des Parks und beobachtete die hohen, mit Kuppeln gekrönten Gebäude in der näheren Umgebung des Kaiserpalastes. Aristokraten in Bodenfahrzeugen und Helikoptern kamen und gingen, gelangweilt, ziellos, gepflegt, glitzernd. Dieser Ort wirkte wie ein unwirklicher Edelstein inmitten eines armseligen, glanzlosen und fleckig gewordenen Rings. Wer wollte dem Volk, das nicht viel mehr als sein nacktes Leben besaß, Vorwürfe machen, wenn es eines Tages diese Villen und Paläste stürmte, wenn es sie niederriß, unter seinen Füßen zertrat und den nutzlosen Reichen das alles wieder entriß, was es selbst auf den Feldern und in den Fabriken produziert hatte!

Dann stand ich unmittelbar vor dem Kaiserpalast. Die Wachen waren hier so unauffällig, daß man ihre große Zahl nur entdecken konnte, wenn man sie aufmerksam beobachtete und zählte. Nach einer Weile entdeckte ich auch die verborgenen Mündungen gigantischer Waffen aus den Gärten und den Palastmauern drohen.

Unruhig wechselte ich den Standort.

Breite, niedrige Stufen führten zu den gewaltigen, verschlossenen Palasttoren hinauf. Es waren Hunderte. Sie glänzten glatt und weiß in der Sonne und zwangen den Blick aufwärts, aufwärts zu der höchsten Autorität dieser Welt. Auf jeder Seite des Haupteingangs glotzte ein rundes, schwarzes Auge. Sie konnten die Treppen im Nu in ein Flammenmeer verwandeln.

Ich stand und schaute und hatte einen Wachtraum.

Ich sah mich selbst stolz und selbstbewußt die breiten Stufen hinaufschreiten, auf die massiven Torflügel zugehen, die von den beiden rußig-schwarzen Glotzaugen bewacht wurden. Ein

Wächter trat auf mich zu. »Was wünschst du?« fragte er. »Was führt dich hierher?« Ich erwiderte kühl seinen Blick. »Der Kristallkiesel«, sagte ich gelassen. Seine Augen senkten sich. Er wich zurück. Ich trat noch näher an das langsam aufschwingende Tor heran. Im dunklen Eingang stand jemand und blockierte meinen Weg. Es war Sabatini. Er lächelte und streckte mir seine Hand entgegen, die Handfläche nach oben gerichtet . . .

Nervös ruckte ich mit den Schultern. Wurde ich beobachtet? Niemand war in der Nähe, aber das Gefühl dauerte an. Zwischen den Schulterblättern spürte ich ein irritierendes Prickeln. Vorsichtig glitt ich durch die Parkbäume und verließ die Umgebung des Palastes. Erst eine Meile weiter wagte ich mich umzusehen.

Um zum Raumhafen zu kommen, mußte ich die Stadt verlassen.

Bald erreichte ich eine glatte, breite Ausfallstraße.

Weite Felder säumten die Straße. Manche waren frisch zu schwarzen, fruchtbaren Furchen aufgepflügt. Andere zeigten Spuren zarten Grüns. Auf einem Feld schob ein tief gebeugter Pächter einen verrosteten alten Metallpflug durch das zähe Erdreich. Auf einem anderen zog ein Mann einen Plastikpflug, den seine in Fetzen gehüllte Frau führte. Auf einer riesigen Farm sah ich mächtige Maschinen andere Maschinen über die Felder schleppen. Besser gekleidete, besser ernährt aussehende Menschen steuerten die Maschinen. Manche von ihnen lächelten. Einer winkte mir sogar.

Sklaverei, so schien es, war der Freiheit vorzuziehen. Bald würde es keine Pächter mehr geben, die ihre kleinen Felder bestellten und jämmerliche Ernten einbrachten. Bald würden auch sie als Sklaven auf einer Riesenfarm arbeiten. Die Farmen würden wachsen, bis ganz Brancusi nur noch einer Handvoll Menschen gehörte und schließlich einem einzigen . . .

Vor mir lag jetzt der Raumhafen. Die Schiffe speerten hoch in die Luft. Unter den Füßen der zum Himmel ragenden Giganten wucherten flache Dächer wie Pilze.

Als ich eine Bodenwelle überwunden hatte, sah ich den Zaun, der den Hafen einschloß.

Meine Beine waren plötzlich bleischwer. Ich blieb stehen und ließ mich erschöpft in den Straßengraben fallen. Der Zaun reichte, soweit ich sehen konnte. Er war hoch und aus stabilem Metalldraht. Alle paar hundert Yards stand ein Söldner Wache. Unbemerkt da hinein zu kommen war genauso leicht wie einen anderen Planeten ohne Schiff zu erreichen.

Und trotzdem gelangten Leute illegal in diese Schiffe und mit ihnen auf andere Welten.

Ich stand entschlossen auf und ging mit festen Schritten am Wärterhaus vorbei durch das offene Tor. Der wachhabende Söldner im kaiserlichen Orange-Blau sah mir ins Gesicht, dann auf meinen schwarzen Anzug und biß sich auf die Lippen.

»Darf ich erfahren, wohin Sie gehen?« fragte er höflich.

Ich blickte ihn kalt und herausfordernd an. »Wenn Sie es unbedingt wissen wollen, kann ich es Ihnen natürlich sagen. Aber Leute, die zuviel wissen, leben bekanntlich nicht lange.«

Er wurde kreidebleich und war sekundenlang wie erstarrt. Dann winkte er mir mit dem Kopf. Ich durfte passieren.

Drinnen hatte das Pflaster Schlaglöcher. Aus zahllosen Rissen im Beton wucherte Unkraut. Einige Gebäude sahen aus wie Büros. Andere waren orange und blau, wieder andere schwarz-silbern gestrichen. Auch um sie machte ich einen weiten Bogen. Ich wanderte über den farblosen, bröckeligen Beton. Die Schiffe kamen näher. Sie schienen sich über mich zu beugen und dabei fast die Balance zu verlieren. Ich hatte das unbehagliche Gefühl, daß sie jeden Augenblick über mir zusammenstürzen würden.

An ihnen vorbei gelangte ich zu einer Reihe weiterer Gebäude. Sie waren an zwei Seiten offen. Sattelschlepper, hoch beladen mit Ballen und Kisten, dröhnten an mir vorbei. Sie verschwanden in einem riesigen Schuppen. Beim Näherkommen erkannte ich, daß es ein Warenlager war. Ich blickte zurück. Die Sattelschlepper kamen alle von einem Schiff. Dort wurden die Waren an langen Stahlseilen aus einem riesigen Loch hoch oben in der Seite des Schiffes heruntergelassen.

Ich lehnte mich in eine Ecke des Schuppens und beobachtete. Die Zeit verging. Einmal donnerte es am Himmel. Der Boden bebte. Das Gebäude zitterte. Ich stemmte mich unwillkürlich gegen die Schuppenwand, um nicht umgerissen zu werden. Die Männer in der Halle arbeiteten unbeeindruckt weiter.

Weit draußen landete ein Schiff. Nach ein paar Minuten öffnete sich ein schwarzer Kreis an seiner glänzenden Flanke. Etwas schlängelte sich heraus, fiel auf den Boden. Kleine Männchen kletterten die schwankende Leiter herunter, helle orange-blaue Püppchen.

Sie versammelten sich auf dem Boden und marschierten im Gleichschritt über das Feld zu einem der Bürogebäude.

»Was wollen Sie hier?« Die Stimme hinter mir klang heiser. Ich drehte mich erschreckt um. Vor mir stand ein großer Mann mit einem dicken Wanst, einem stoppelbärtigen groben Gesicht und schmutzigen, schweißgetränkten Kleidern.

Ich griff in die Tasche, holte den Zettel heraus und reichte ihn ihm. Er faltete ihn auf, las, sah mich einen Augenblick nachdenklich an, gab ihn mir zurück und sagte: »Jetzt haben Sie Ihren Spaß gehabt. Und was nun?«

»George«, sagte ich hilflos, »George Falescu.«

Seine Augen wurden schmal. Er blickte vorsichtig nach rechts und links. Dann winkte er mir mit dem Kopf. Ich folgte ihm zur Rückseite des Schuppens. Er führte mich in eine dunkle Ecke weit weg von den anderen Männern.

»Er ist nicht hier«, flüsterte er.

»Wo ist er?«

»Das müßten Sie doch eigentlich besser wissen.«

»Was heißt das?«

»Ihre Kumpels haben ihn doch schon heute morgen abgeholt. Sie haben ihn mitgenommen. Sie wissen, was das bedeuten kann.«

XI

Ich starrte ihn aus harten Augen unbewegt an. Innerlich fror und zitterte ich. Ich wußte nicht, was das bedeutete. Aber eines war sicher: Meine Chance, Brancusi zu verlassen, war dahin, wenn es je eine gegeben hatte. Und daran mußte ich glauben. Ich mußte Laurie vertrauen.

»Natürlich«, sagte ich. »Man wird Sie für Ihre Hilfe belohnen.«

Ich stocherte im dunkeln, ohne recht zu wissen, wonach eigentlich. Der Mann wurde mißtrauisch. Unwillkürlich leckte ich mir die Lippen. »War Sabatini dabei?«

»Wer ist das?« knurrte er.

»Ein Agent mit dunklem Gesicht und einer riesigen Nase.«

Er musterte mich immer mißtrauischer. »So einer war nicht dabei.«

Ich nickte. »Er hatte wahrscheinlich Wichtigeres zu tun.« Offensichtlich machte ich alles falsch. Doch ich mußte es weiter versuchen. »Ich hätte da einen Auftrag für Sie. Es wird sich lohnen.«

»Wieviel?«

»Soviel, wie es wert ist.«

»Leere Versprechungen!«

»Bargeld.«

Er nickte widerwillig. »Also was?«

»Ich muß hier verschwinden. Auf einem Schiff.«

»Auf welchem?«

»Auf dem, das als nächstes startet.«

»Die Phönix nach McLeod?«

Ich nickte. »Genau.«

Er schnaufte verächtlich. »Denken Sie, ich bin ein Zauberer? Niemand kann Sie auf ein Schiff bringen. Nur ein Händler. Das wissen Sie doch.«

»Gut«, sagte ich entschlossen. »Dann wird uns unser Mann auf diese Weise nicht entkommen.« Ich starrte ihn durchdringend an. »Sie haben Glück, daß Sie noch leben.«

Jetzt war er völlig verwirrt und eingeschüchtert. Ich drehte mich abrupt von ihm weg und ging auf das freie Gelände hinaus zu den Schiffen. Die Sonne schien heiß. Aber mich erwärmten ihre Strahlen nicht. Innerlich war ich so kalt wie ein Eisberg.

Falescu war also von Agenten geschnappt worden. Sie konnten aber doch unmöglich gewußt haben, daß ich mich mit ihm hatte treffen wollen. Ich selbst hatte es ja auch erst an diesem Morgen erfahren. Er mußte in irgendeine andere Sache verwickelt sein.

Ich ging zu den Bürogebäuden. Zwei von ihnen waren blau mit orangen Verzierungen. Die kaiserlichen Farben. Eins war schwarz und silbern, in den Farben der Raumfahrer und der Händler. Sie transportierten Güter, Werkzeuge und Menschen durch die Galaxis. Dabei ging es ihnen um ihren Profit, nicht um Politik. Also gab es keinen Grund, mich nicht mitzunehmen. Schließlich trug ich um die Hüften einen Geldgürtel mit fünftausend Chronors in Hundertchronormünzen.

Ich ging in das Büro hinein. Nach dem grellen Sonnenlicht draußen wirkte der Raum wie eine dunkle Höhle, voller fremdartiger Aromen der Gewürze ferner Welten. Nachdem meine Augen sich an die Dunkelheit gewöhnt hatten, bemerkte ich an der Rückfront einen hohen Tresen. Dahinter hockte ein älterer Mann mit spiegelnder Glatze über ein riesiges Hauptbuch gebeugt. Als er aufblickte, glänzte sein Gesicht wie seine Glatze.

»Ja?« fragte er beinahe zwitschernd. »Möchten Sie etwas von dem fabelhaften arkadischen Pfeffer? Eine Seltenheit, seit Arkadia gefallen ist. Es wird wohl noch lange dauern, bis der Handel dorthin wieder aufgenommen werden kann.«

»Nein«, sagte ich.

»Oder möchten Sie etwas verschiffen? Wir haben Transportmöglichkeiten nach allen Teilen der Galaxis. Alle bewohnten Welten . . .«

»Mich selbst«, sagte ich. »Ich will eine Passage auf der Phönix.«

»Aha«, meinte er befriedigt. Dann blätterte er in dem Buch, sah mich sekundenlang bekümmert an und sagte: »Der Raum für Passagiere auf der Phönix ist seit Tagen ausgebucht. Vielleicht ein anderes Schiff?«

»Die Phönix. Heute.«

Er legte den Kopf schief wie ein Hahn, der einen Wurm betrachtet. »Vielleicht könnte man Sie noch unterbringen. Die Phönix ist diesmal ohne Zweiten Offizier. Aber solche Ausnahmen sind nicht billig ...«

»Das macht nichts.« Ich atmete auf. Er war auf Geld aus. Aber das war nur in Ordnung.

»Dann wollen wir mal das Antragsformular ausfüllen.« Er hüpfte von seinem Sitz auf den Boden. Erst jetzt sah ich, wie klein er war. Aus einem Regal holte er ein Bündel Papiere und schob sie mir mit einem Stift herüber.

»Ich kann nicht schreiben«, sagte ich vorsichtig. Er nickte grinsend, zog die Papiere wieder an sich und zeigte mit dem Stift auf mich. »Name?«

»John«, sagte ich. »John Michaelis.«

Er schrieb mit runder, fließender Handschrift. »Ausweis?«

Ich sah ihn fest an. »Ist überflüssig.«

Er blickte auf, zog die Augenbrauen hoch und zuckte dann die Schultern. »Na gut. Reiseziel?«

»McLeod.«

»Reisezweck?«

»Persönlich.«

Wieder blickt er schnell auf, ehe er weiterschrieb. Ich beobachtete seine Hand. Es war ein bißchen schwierig, aber »Persönlich« schrieb er jedenfalls nicht. Dann hatte ich es entziffert: »Geheim.« Ich blickte schnell wieder weg.

Die Fragerei nahm kein Ende.

»Auftraggeber?«

Ich hielt den Atem an. Darauf hatte ich die ganze Zeit gewartet. Trotzdem war mir nichts Vernünftiges eingefallen. Man konnte dabei allzuleicht einen Fehler machen. »Keiner«, sagte ich.

Er legte den Stift mit einer endgültig wirkenden Geste aus

der Hand. »Passage verweigert«, sagte er ruhig. Seine Stimme klang nun nicht mehr wie die eines Vogels.

»Das nehme ich nicht hin.«

»Sie haben keine Wahl. Es ist Sache der Händler, ob sie eine Passage freigeben oder nicht.«

»Dann holen Sie Ihren Chef.«

»Der Chef bin ich.«

Ich fixierte ihn. »Es ist nicht klug, wenn man allzuviel wissen will. Vor allem bei Sachen, die einen nichts angehen.«

»Mag sein. Ich weiß, daß ich noch viel zuwenig über Sie weiß.«

»Manch einer, der zuviel wissen wollte, hat jetzt keinen Kopf mehr auf den Schultern.«

Er zuckte die Schultern. »Wenn Sie einen Auftraggeber haben, nennen Sie ihn. Wenn nicht — ich habe Wichtigeres zu tun.«

»Mein Auftraggeber«, sagte ich langsam, »ist der Kaiser. Er wird sehr ärgerlich sein, wenn das jetzt bekannt wird.«

»Ich darf das nachprüfen?«

»Natürlich.«

Er hüpfte wieder von seinem Hocker und verschwand durch eine Hintertür. Er hatte meinen Bluff durchschaut, und ich konnte nicht abwarten, ob auch er nur bluffte.

... Schnell trat ich wieder in das grelle Sonnenlicht hinaus. Es gab nur noch eine Chance. Sie war winzig, aber sie existierte.

Die Schiffe hatten ihre Kennzeichen hoch oben, dicht unterhalb ihrer Nasen. Aber die Farben waren abgeblättert, verwittert und unleserlich geworden. Während die Sonne langsam tiefer sank, reflektierten ihre glänzenden Leiber das weiße Licht und blendeten meine Augen.

Das Schiff, dessen Entladung ich zugesehen hatte, mußte jetzt fast leer sein. Es stand nur noch ein Sattelschlepper unter dem riesigen schwarzen Loch. Ein Mann winkte nach oben. Dann kletterte er ins Führerhaus. Ich ging schnell hin. »Wo steht die Phönix?« Er wies mit dem Daumen quer über das Feld.

Das Schiff stand eine halbe Meile weit weg, umschwärmt von Traktoren, Sattelschleppern und Menschen. Beim Näherkommen erkannte ich an seiner Spitze ein paar Farbflecken. Sie sahen wie eine Sonne aus oder wie ein Feuer, aus dem sich etwas mit gespreizten Schwingen erhob. Fahrzeuge kamen mir entgegen. Güter pendelten an einem Seil aufwärts und verschwanden im Bauch des Schiffs. Ein Mann dirigierte den Ladevorgang. Wenn alles reibungslos verlief, kreuzte er zufrieden die Arme über der Brust. Er trug eine abgetragene schwarz-silberne Uniform.

Ich machte mich an ihn heran. »Verschwinde!« rief er mir zu. »Du behinderst die Fahrzeuge.«

»Zweitausend Chronors für eine Passage«, sagte ich leise. Er sah mich aus dem Augenwinkel an. »Gehen Sie doch ins Büro.«

»Die wären für Sie. Niemand braucht es zu erfahren.«

»Und das Schiff wird überladen«, schnaubte er. »Sind Sie verrückt? He! Du!« schrie er dazwischen. »Zuerst die Maschinen!«

Eine Zugmaschine scherte aus der Reihe der Wartenden aus. »Machen Sie es doch legal«, sagte ich. »Nehmen Sie mich in die Besatzung auf.«

»Wo ist Ihre Karte? Ihre Gildekarte, Dummkopf. Sie kriegen doch sonst keinen Job.«

»Auch nicht als Volontär?«

Er schnaubte wieder verächtlich. »Volontäre müssen sechs Jahre Ausbildung auf der Erde absolvieren, ehe sie in den Raum dürfen.«

»Dreitausend«, sagte ich.

Er sah mich scharf an. »Bar?«

»Bar.«

Die Sonne war inzwischen fast untergegangen. Seine Gesichtszüge verschwammen im Zwielicht. »Gemacht.«

Ich griff nach meinem Gürtel.

»Doch nicht hier, Dummkopf! Geh rüber zu der Zugmaschine. Auf der anderen Seite.«

Ich schlüpfte aus dem Schatten des Schiffes in den noch tieferen Schatten unter dem Anhänger eines Traktors. Mein Herz klopfte wie verrückt. War das Wirklichkeit und kein Traum? Kam ich wirklich an Bord?

»Hallo, Tom.« Das war die Stimme des Raumfahrers. »Wenn

du willst, löse ich dich für eine Weile ab. Ich muß noch mal rauf und nachsehen, ob alles richtig verstaut ist.«

Ich hörte Füße über die Ladefläche laufen und auf den Boden springen. Andere Füße kletterten hinauf. Ich stand auf, zog mich an der Wand des Anhängers hoch und rollte mich zwischen die gestapelten Kisten. Der Raumfahrer beachtete mich nicht. Er beobachtete das Ladekabel und die schwarze Öffnung, aus der es herabbaumelte.

Jetzt schlang er es um eine Palette mit Kisten. Dann winkte er mir ungeduldig. Zwischen den Kisten war noch Platz, gerade so viel, daß ich mich hineinzwängen konnte. Ich kroch hinein und hörte, wie etwas über mich gestellt wurde, ein Deckel oder eine Kiste. Ich zuckte zusammen. Füße polterten über mir und stellten sich auf den Deckel über meinem Kopf.

»Aufwärts!«

Die Ladung ruckte an und stieg langsam hoch. Die Welt begann sich zu drehen. Ich hatte jetzt einen guten Ausblick über den Raumhafen. Am Zaun gingen die Lichter an. Sie drehten sich um mich wie ein feuriges Rad. Höher und höher ging es hinauf. Ich rang nach Luft. In meinen Ohren klingelte es.

Endlich war die Fahrt zu Ende. Wir pendelten in kurzen Bögen vor und zurück. Dann bewegten wir uns seitwärts. Langsam verschwand die Welt, bis sie nur noch ein blauer, von Finsternis umgebener Kreis war. Wir fielen ein paar Fuß. Das Pendeln hörte auf. Füße sprangen von der Ladung. Eine Kette rasselte.

»Ich kümmere mich schon darum.«

Füße entfernten sich, verhallten im Dunkeln. Der Deckel über mir wurde beiseite geschoben. Ich glitt aus meinem Versteck und sprang vorsichtig auf den Boden. Einen Augenblick später kniete der Raumfahrer neben mir und befestigte Drahtseile in Klampen auf dem Boden. »Das Geld«, flüsterte er.

Ich öffnete den Gürtel und zählte ihm dreißig Hundertchronorstücke in die Hand. Er prüfte sie alle sorgfältig auf ihre Echtheit und grunzte zufrieden. Dann wandte er sich zum Gehen. Ich packte seinen Arm.

»Wo ist mein Platz?« fragte ich.

Er zeigte einen Gang zwischen Kistenstapeln hinunter: »Dort entlang.« Ehe ich noch mehr fragen konnte, hatte er sich schon losgerissen und war hinter dem nächsten Stapel verschwunden.

Ich starrte in die Richtung, in die er gezeigt hatte. Die Kistenstapel reichten so weit ich sehen konnte. Ich blickte nach oben. Die Decke war hier sehr niedrig. Die Stapel reichten bis fast hinauf. Langsam tastete ich mich durch den schmalen Gang und fand weder rechts noch links einen Seitengang.

Es wurde hier immer dunkler. Ketten klirrten leise, Kisten stießen aneinander, Motoren surrten. Ich hatte noch immer kein Versteck gefunden, in dem ich die Reise durch den Raum einigermaßen sicher überstehen konnte. Und dann hörte der Verladelärm ganz auf. Ein einzelner Motor begann zu summen, tiefer, machtvoller als die anderen vorher. Die Dunkelheit nahm plötzlich zu, bis mit einem endgültigen Knall die Nacht hereinbrach. Schritte verloren sich in der Finsternis. Ein Verschluß schnappte. Nun war auch die Stille so tief wie die Schwärze.

Furcht kroch eisig durch meine Venen. Ich tastete vorsichtig weiter und griff plötzlich ins Leere. Hier war nichts. Ich tastete mich zurück zu dem schmalen Durchgang, aus dem ich gekommen war. Dann drehte ich mich um neunzig Grad. Ein halbes Dutzend Schritte brachten mich in eine Ecke aus Kistenstapeln. Wieder ein halbes Dutzend Schritte, wieder eine Ecke. Als ich zurück zum Eingang kam, hatte ich eine ungefähre Vorstellung von der Größe des Raumes zwischen den Stapeln.

Ich kniete auf dem Boden. Er war weich und warm, fast heiß. Auf Händen und Füßen kriechend tastete ich ihn ab. Hier mußte noch mehr sein. Nur ein Raum war nicht genug. Ich brauchte Nahrung und Licht, eins genauso dringend wie das andere.

Etwas Kleines, Zylindrisches rollte unter meiner Hand davon. Ich tastete ihm nach, fand es, untersuchte es vorsichtig und fand an einer Seite einen Knopf. Ich drückte ihn. Licht flammte auf und enthüllte einen staubigen Plastikfußboden und einen würfelförmigen Raum, dessen Wände von Kistenstapeln gebildet wurden. Die meisten Kisten glänzten metallisch. Eine schwarze unterschied sich auffallend von den übrigen.

Ich versuchte die Klammern zu lösen, die ihren Deckel hielten. Mit einiger Mühe gelang es. Im Innern fand ich einige kleinere Leichtmetallbehälter. Ich öffnete einen und sah Plastikflaschen und Kartons mit trockenen Biskuits und farbigen Pillen. Ich aß zuerst einen der Biskuits. Dann steckte ich eine braune Pille in den Mund und ließ sie zergehen. Sie hatte einen kräftigen Fleischgeschmack. Es lagen noch mehr davon in dem Päckchen. Eine Grüne schmeckte wie Gemüse, eine Hellgelbe nach Früchten. Nach dem Essen öffnete ich die Flasche und drückte mir klares Wasser in den Mund.

Nach einer Weile war ich satt, zufrieden und beinahe glücklich. Bald würde das Schiff mich nach McLeod tragen, in eine andere Welt.

Ich schaltete die Lampe aus. Ich wußte ja nicht, wie lange ihr Leuchten vorhielt. Deshalb war es besser, sparsam damit umzugehen.

Die Dunkelheit war warm und freundlich. Sie machte mich schläfrig. Die Hitze kam aus dem Boden. Sie drang langsam in meinen Körper ein . . .

Irgendwo, weit weg, surrte etwas. Ein Lichtstrahl traf meine Augen, ein rötliches Licht. Jemand fummelte an meiner Jacke herum, zupfte an meinem Hemdsärmel und zog sich wieder zurück. Schläfrig öffnete ich die Augen.

Das Licht blendete. Es kam aus einem grellweißen Kreis. Ich konnte nichts anderes sehen.

»Wer ist da?« fragte ich benommen.

Jemand kicherte.

Die Jagd war vorbei. Das Kichern bedeutete das Ende meiner Flucht. Und ich war der Freiheit schon so nahe gewesen. Ich kannte dieses Lachen. Es gehörte Sabatini.

XII

Als ich auf dem Rücksitz eines fliegenden Helikopters wieder zu mir kam, hörte ich immer noch Sabatinis gräßliches Kichern.

»Ausgerechnet in die heiße Kammer läßt du dich verstecken. Du hast dich bei mir noch gar nicht dafür bedankt, Dane, daß wir dich dort rausgeholt und vor dem sicheren Tod gerettet haben.« Er kicherte wieder, und der große dicke Agent neben ihm auf dem zweiten Vordersitz lachte mit. Der dritte neben mir schwieg.

Ich bewegte mich nicht und sagte kein Wort. Sabatini drehte sich um. Ich merkte, er sah mich trotz der Dunkelheit. »Weißt du, wohin sie dich in dem Schiff gesteckt haben? Oder hast du wirklich keine Ahnung? Genau über die Atommotore. Nach dem Start des Schiffes wärst du in der harten radioaktiven Strahlung ziemlich schnell gargekocht worden.«

Ich schwieg. Innerlich war ich wie erstarrt.

Der Helikopter verlor jetzt flatternd an Höhe und landete sachte in der Dunkelheit. Die Agenten stiegen aus; sie zerrten mich hinter sich her. Während die beiden anderen ihre orange-blauen Uniformen auszogen, hielt Sabatini meine auf den Rücken gefesselten Hände fest. Unter den Uniformen kamen die schwarzen Anzüge zum Vorschein. Dann hielten mich die beiden anderen, und Sabatini zog sich um. Wieder packte mich Sabatini, und einer seiner Männer leuchtete den Boden ab.

Vor uns lagen drei Männer unter einem Gebüsch. Sie waren fast nackt. Und sie waren tot.

Die beiden Agenten zogen den Toten die kaiserlichen Uniformen wieder an. Als sie fertig waren, führten sie mich zu einem niedrigen, dunklen Bodenfahrzeug. Wieder mußte ich auf den Rücksitz. Der Motor heulte kurz heiser, dann begann er leise zu summen. Wir holperten ein Stück über Wiesen und Äcker und kamen bald auf eine glatte Straße. Dort wurde der Wagen schneller, bis er schließlich fast ohne Bodenberührung dahinraste.

Ich sah von fern die Lichter der Kaiserstadt. Sie kamen näher und tauchten die niedrigen Wolken in ein düsteres Rot. Wir bogen von der Hauptstraße ab auf einen von Schlaglöchern und Steinen übersäten Weg. Die Fahrt wurde langsamer. Am Ende des Weges ragte ein massiver Klotz in den Himmel und verdeckte die Sterne. Wir hielten an.

Sie zerrten mich heraus. Sabatini verschwand in der Dunkelheit. Ich hörte etwas klirren und dann ein metallisches Kreischen. Protestierend öffnete sich ein Tor.

Ein harter Stoß ließ mich in die Finsternis vor mir stolpern. Ein Licht ging an, ein schmaler Strahl. Er tanzte unstet auf und ab. Vor uns lag ein breiter, unterirdischer Tunnelgang, staubig, aus grob behauenen Steinen gemauert. Das Licht war jetzt weit voraus. Wir folgten ihm immer weiter in die Erde hinein. Die Mauern wurden feucht. Gelegentlich glitzerten kristallene Salzablagerungen im Licht.

Als Sabatini endlich stehen blieb, waren wir in einem großen, höhlenähnlichen Raum tief unter der Erde. Er winkte mit der Lampe. Die beiden Agenten zündeten Holzfackeln an, die in rostigen Trägern an den Wänden steckten. Ich sah mich um. Der Raum war noch größer, als ich anfangs geglaubt hatte, eine natürliche Höhle, deren Wände nur bis in Mannshöhe behauen worden waren. Von der Decke tropfte Wasser. Auf dem rauhen Steinboden und an den Wänden hingen und standen Geräte und Apparate, deren Zweck ich nicht kannte. Einige waren aus Eisen, andere aus Holz, Leder und Seilen konstruiert.

Sabatini beobachtete mich scharf. Dann lächelte er. »Meine kleine Sammlung hat dich beeindruckt? Du kennst doch die Erfindungen deiner Laienbrüder? Oder nicht? Ich bin auf diesem Gebiet einer der größten Experten. Dies hier ist mein Studierzimmer. Hier forsche ich nach der Wahrheit, nach ihrem Wesen und danach, wie man es entdeckt. Es ist mein Laboratorium, und ich suche hier die Wahrheit. Wo ist der Kristall?«

Es ist schwer, mit den Schultern zu zucken, wenn einem die

Hände auf den Rücken gefesselt sind. Aber ich versuchte es. Es gibt nur eine Möglichkeit, nicht etwas Falsches zu sagen: Man darf überhaupt nicht sprechen. Gleichgültig, was passiert. Ich würde nicht reden.

Sabatini betrachtete mich lächelnd und winkte seinen Agenten. Der kleinere mit den funkelnden Augen schüttelte ein Messer aus dem Hemdsärmel und trat hinter mich. Unwillkürlich straffte ich den Rücken. Die Klinge zischte durch die Luft. Meine Hände fielen befreit hinunter. Ich wollte sie reiben, wo das Seil tief ins Fleisch geschnitten hatte. Aber ich unterdrückte den Impuls.

»Schmerz ist eine seltsame Sache«, sagte Sabatini freundlich. »Für den einen ist er ein Stimulanz, das die Zunge in Bewegung setzt. Für andere ist Schmerz ein Keil, mit dem man ihre Seelen aufspalten kann, so daß fremde Dinge in sie eindringen können. Wieder für andere ist der Schmerz die große Erprobung. Sie beißen die Zähne zusammen und lösen sie nicht einmal im Tod. Ich wüßte gern, zu welcher Art du gehörst, Dane.«

Ich hätte es selbst gern gewußt. Aber das ließ ich ihn nicht merken, sondern blickte ungerührt in sein dunkles Gesicht. Trotz der riesigen Nase lächelte es freundlich. Nur die Augen lächelten nicht. Sie waren hart, kalt und durchdringend.

»Komm«, sagte Sabatini, »wir wollen uns alles in Ruhe anschauen. Ich denke, es wird auch dich interessieren.« Er führte mich durch die Höhle und beschrieb die unendlich vielen Arten von Schmerz, die mit den Folterwerkzeugen auf dem Boden und an den Wänden verursacht werden konnten. Er erklärte mir, wie sie funktionierten, und was man bei der Anwendung der einzelnen Geräte spürte. Seine ruhige, sachliche Stimme malte ein Bild unbeschreiblicher Qualen, die mir eisige Schauer das Rückgrat hinunterjagten.

Er führte mich nun zu einem Tisch in der Nähe des Tunnelgangs, durch den wir eingetreten waren. Auf dem Tisch lag eine Kollektion von Nadeln, Messern und Zangen. Kritisch überprüfte Sabatini die Sammlung, blickte dann mich an und wieder zurück auf den Tisch und nahm eine Zange auf. Er spielte nachlässig damit herum, als er weitersprach.

»Setz dich, William«, sagte er freundlich und wies auf einen schweren Lehnsessel neben dem Tisch. Ich setzte mich und legte die Arme auf die Lehnen. Der kleine Agent schnallte ein paar Metallbänder um meine Arme und befestigte sie an den Lehnen. Zwei weitere Bänder hielten meine Beine. Nun war ich fast völlig bewegungsunfähig.

»Zweifellos willst du wissen, welches Anrecht ich auf den Kristall habe«, sagte Sabatini. »Ich will es dir verraten. Mein Anrecht ist größer als das aller anderen, weil ich ihn mehr begehre als jeder andere, und weil ich bereit bin, alles zu tun, um in seinen Besitz zu gelangen. Alles.«

»Warum?« fragte ich und bedauerte gleichzeitig, daß ich gefragt hatte. Ich hatte mein mir selbst gegebenes Versprechen gebrochen.

Sabatinis Augen leuchteten auf. »Ich weiß es nicht«, sagte er nachdenklich. »Ich will dir gegenüber ehrlich sein, William, wie ich es auch von dir mir gegenüber erwarte. Ich bin schon jetzt stolz auf dich, und du wirst auch noch stolz auf mich werden. Vielleicht wird das länger dauern. Aber ich habe Geduld, William. Ich werde nahe bei dir sein, näher als je ein Mensch bei dir gewesen ist oder sein wird.

Und deshalb sage ich: Ich weiß es nicht. Aber ich weiß, daß er einen Wert hat, einen großen Wert und daß er mein sein muß. Es hat sich schnell in der Galaxis herumgesprochen, als er aufgetaucht war, und mir wurde klar, daß er genau das war, was ich schon immer gesucht hatte. Ich gab alles auf, um hierher zu kommen und ihn zu finden. Und wenn ich ihn habe, wird die Galaxis mir gehören.«

Ich lachte los. Ich legte den Kopf zurück und lachte, lachte ihn aus. Das Echo meines Gelächters hallte von den Mauern wider. Sein Gesicht färbte sich rot, purpurrot. Seine Augen wurden noch schwärzer und noch kälter, als sie es ohnehin schon waren. Und da wußte ich, daß Lachen meine einzige Waffe gegen ihn bedeutete. Und ich lachte und lachte und lachte. Nur langsam wich die Rötung aus seinem Gesicht, er lächelte wieder.

»Du bist klug, William, sehr klug. Ich werde immer stolzer auf dich. Es wird mir weh tun, zu tun, was getan werden muß.

Erspar mir doch diesen Schmerz, William. Sag mir, wo der Kristall ist.« Ich sah ihn stumm an.

Er seufzte und ließ die Zange um seinen Zeigefinger rotieren. »Zieht ihm die Schuhe aus«, sagte er traurig.

Der kleine Agent zog mir die Schuhe aus. Der Steinboden fühlte sich kalt und feucht an. Sabatini kniete vor mir nieder wie ein Beter vor einem heiligen Schrein. Er berührte mit einem Finger meinen linken Fuß. Nur mit Mühe zwang ich mich, nicht zurückzuzucken.

»So ein schöner weißer Fuß«, sagte er. »Ein Jammer, daß man ihn nun so verunstalten muß.« Er senkte die Zange. Ich verlor sie aus den Augen, fühlte aber ihre Kälte an meinen Zehen. »Ach, William«, seufzte Sabatini. »Guter William, armer William.«

Sein Arm spannte sich. Seine Schulter hob sich. Eine Feuerzunge drang in meinen Fuß ein, leckte das Bein hinauf, schoß durch die Wirbelsäule bis in mein Gehirn und ließ es erbeben. Ich keuchte. Das konnte ich nicht verhindern. Wellen von Schmerz jagten in meinem Körper auf und ab. Der Schmerz verebbte. Er zog sich in den Fuß und dann in einen einzelnen Zeh zurück.

»Na also«, sagte Sabatini. »So schlimm war das ja gar nicht, nicht wahr?«

Er öffnete die Zange und ließ etwas Dünnes, Kleines fallen. Dann stand er auf und blickte auf meine Füße. »Armer kleiner Zeh«, sagte er, und der dicke Agent lachte, daß sein Doppelkinn wackelte. Sabatini blickte mich an und ließ die Zange erneut rotieren.

»Wo ist der Kristall?« fragte er bittend. Ich sah auf die Zange und antwortete nichts. »Na schön«, meinte Sabatini. »Morgen nehmen wir den nächsten Zeh vor und übermorgen den übernächsten, bis sie alle gleich sind. Und dann, wenn du dann immer noch nicht mein Freund sein willst, fangen wir mit den Fingern an. Und danach denken wir uns etwas anderes aus. Wir haben nämlich viel Zeit, William. Unendlich viel Zeit.«

Die Metallbänder um meine Arme und Beine wurden geöffnet. Ich wurde hochgezogen. Meine Beine zitterten. Dann rissen die beiden Helfer Sabatinis mir die Kleider vom Leib. Sie schlitzten dazu einfach die Hemdsärmel und Hosenbeine mit ihren Messern auf. Schließlich nahmen sie mir auch den Gürtel ab. Ich stand nackt vor ihnen. Schnell, so daß Sabatini es nicht merkte, blickte ich auf meinen linken Fuß. Blut quoll aus der Spitze des kleinen Zehs, wo der Nagel gesessen hatte. Wie konnte ein so kleines Ding nur solche Schmerzen bereiten?

Das Nacktsein war noch schlimmer zu ertragen als der Schmerz. Das lag nicht an der Kälte und der Feuchtigkeit. Wenn sie dir die Kleider wegnehmen, nehmen sie dir deine Menschenwürde. Es ist schwer, ohne Kleider hart und stark zu sein.

»Gute Nacht, William«, sagte Sabatini freundlich. »Bis morgen.«

Er lächelte. Die anderen führten mich weg. Ich humpelte über einen langen Gang zu einer Holztür, in die ein eisernes Gitter eingelassen war. Sie schlossen auf und stießen mich hinein. Ich stolperte und fiel auf einen Haufen Stroh. Zusammengekrümmt blieb ich darauf liegen. Es raschelte darin von kleinen Tieren. Aber ich war zu müde und zu schwach, um mich darum zu kümmern. Da bewegte sich etwas. Es war mit mir in diesem Verlies. Es war größer als die Dinger, die durch das Stroh huschten. Ich lag still und versuchte, die Dunkelheit zu durchdringen. Allmählich gewöhnten sich meine Augen an die Finsternis. Es war ein Mensch. Er lag in einer Ecke der Zelle. Jetzt konnte ich die Umrisse seines Körpers sehen.

Ich kroch über das stinkende Stroh auf ihn zu. Ich kroch so nahe heran, bis ich erkennen konnte, daß es eine Frau war. Nackt wie ich, eine alte Frau, mit einem verfallenen, verbrauchten Körper und einem zerquälten Gesicht und verfilzten Haaren.

»Carlo«, murmelte die Frau aus zahnlosem Mund. »Carlo? Bist du wieder da?« Ihre Stimme war eine seltsame Mischung aus Angst und Erwartung. »Tu mir nicht weh, Carlo. Tu mir nicht weh. Ich habe dir doch alles gesagt. Wo bist du, Carlo? Ich sehne mich so nach dir. Tu mir nicht mehr weh. Ich habe dir gesagt, wo er ist. Du hast mich doch selbst gesehen. Ich ließ ihn auf die Opferplatte fallen. Ich ließ den Kristall in der Kirche . . .«

Ich wandte mich schluchzend ab. Ich wußte, wer die alte Frau war: Frieda.

XIII

Ich renne und renne und renne durch die Dunkelheit. Es gibt überhaupt keinen Grund dafür, und außerdem tut es furchtbar weh, weil der Weg mit Messerklingen gepflastert ist und der Schmerz wie Dolchstöße durch mich fährt.

Die Nacht ist voller fragender Stimmen. Aber ich kann nicht antworten, weil mein Mund versiegelt ist. Ich kann die Lippen nicht bewegen, nicht einmal vor Schmerzen schreien. Und ich kann auch nicht aufhören zu rennen.

Hinter mir kommt es näher, immer näher, weil ich nicht schnell genug rennen kann. Es kriecht auf mich zu. Kiefer klaffen weit auseinander, bereit zum Zuschnappen, bereit, mir fürchterliche Schmerzen zuzufügen. Und jetzt schnappen die Kiefer zu ...

Ich erwachte. Immer wurde ich wach, ehe die Kiefer der Beißzange sich schlossen. Wie oft hatte ich diesen Traum schon geträumt? Ich konnte es nicht mehr zählen. Ich sah hinüber zu Frieda. Aber ihre Ecke war leer. Da erinnerte ich mich. Frieda war fort. Sie hatten sie weggetragen, schon vor vielen Tagen. Vor wie vielen Tagen? Es war wichtig, sich daran zu erinnern. Ich versuchte zu denken. Wie oft war ich in der großen Höhle gewesen? Fünfzigmal? Hundert? Das konnte nicht stimmen.

Ich gab auf. Es bedeutete ohnehin nichts für mich. Auch nicht für Frieda. Frieda war tot.

Bald würde ich auch tot sein. Niemand konnte ertragen, was ich ertragen hatte, und dann noch lange weiterleben. Eines Tages würden sie kommen, und dann würde ich auch tot sein, und sie würden mich wie Frieda hinaustragen. Sabatini würde wütend sein. Denn ich hatte noch nicht geredet.

Ich war verzweifelt, weil ich mich nicht erinnern konnte, wie lange Frieda eigentlich schon fort war ...

Doch plötzlich setzte ich mich aufrecht, glücklich, überglücklich über meinen Einfall. Ich konnte es abzählen, vor wieviel Tagen sie Frieda hinausgetragen hatten.

Ich konnte die Tage mit meinen Fingern fühlen. Ich führte sie vorsichtig über meine Zehen, zuckte wegen der Schmerzen zusammen. Aber die Schmerzen waren nichts, verglichen mit dem Nicht-erinnern-Können. Der Schmerz machte den Verstand wieder klar, so daß ich die Zehen endlich zählen konnte. Es waren neun ohne Nägel. Also war ich seit neun Tagen hier. Und ich war fünf Tage hier gewesen, als sie Frieda hinaustrugen, weil sie an dem Tag mit dem rechten Fuß noch nicht angefangen hatten. Also war Frieda seit vier Tagen tot. Oder seit fünf? Vielleicht waren es schon fünf. Dann würden sie jetzt gleich kommen und mich in die Folterkammer holen. Sabatini würde wieder reden und reden, und dann würde der Schmerz kommen.

Ich hörte Schritte auf dem Gang. Ich stemmte mich unter fürchterlichen Schmerzen auf die Knie. Ich schob mich zurück an die Zellenmauer, bis ich die kalten, nassen Steine im Rücken spürte.

Die Fußtritte kamen näher. Sie waren leicht und vorsichtig.

Zoll für Zoll schob ich mich an der Wand hoch, den Rücken dagegen gepreßt, die Fersen in den Boden gestemmt. Noch ein bißchen höher. Meine Beine zitterten unter der Anstrengung. Aber ich mußte stehen, wenn sie eintraten. Ich mußte ihnen stehend entgegensehen, so daß sie mich nicht vor Sabatini schleppen mußten wie ein knochenloses Stück Fleisch. Dieser Sieg würde mich die nächste Folter in der Höhle überstehen lassen.

Sie fummelten im Türschloß herum. Ich stand jetzt beinahe aufrecht. Mein Rücken schrammte an der Mauer hoch. Ich stand. Die Arme über der Brust gekreuzt. Das Licht erfaßte mich. Es blendete mich. Ich hörte ein Stöhnen. Dann kam jemand herein, auf leichten Füßen, und blieb stehen.

»Will, wie geht es dir?« Die Stimme klang anders als die, die ich erwartet hatte. Sie war weich und zögernd. Ich kannte diese Stimme. Ich versuchte nachzudenken und mich zu erinnern.

»Will. Ich bin es. Ich komme dir zu Hilfe. Du kannst jetzt fliehen.«

Ganz sicher war das kein neuer Trick. Ganz sicher würden sie mir so etwas nicht antun. Das würde ich nicht überstehen.

»O Will.«

Das Licht kam näher. Doch es schien mir jetzt nicht mehr in die Augen. Es wurde so gehalten, daß ich ihr Gesicht sehen konnte. Denn es war *ihr* Gesicht, es waren ihre blauen Augen, ihre geschwungenen Augenbrauen, ihre kurze, gerade Nase, ihr roter, voller Mund und ihre langen, braunen Haare.

»Laurie«, sagte ich. Und dann machte ich einen Schritt vorwärts und stürzte in tiefe Nacht.

XIV

Ich glaube, ich war lange Zeit bewußtlos, und die Bewußtlosigkeit war mit Schlaf vermischt und der Schlaf mit Träumen. Es waren keine gewöhnlichen Träume. Manchmal, glaube ich, war ich wach und dachte, ich träumte, und manchmal träumte ich und dachte, ich sei wach. Ich hatte Fieber, und wenn ich brannte, fror ich. Und ich phantasierte.

Manchmal träumte ich, ich sei wieder in Lauries Wohnung. Nur war ich diesmal nicht in der Küche, sondern im Schlafzimmer, in Lauries eigenem Bett. Und ich träumte, daß Laurie neben mir säße und ihre Hand kühl auf meine brennend heiße Stirn legte, und ihre Stimme war wie Musik. Und ich wußte, daß dies ein Traum war, denn ich war in der alten Burg ohnmächtig geworden. Laurie hätte niemals meinen schweren Körper hochheben und mich hinaustragen können. Deshalb hatte ich Angst vor dem Augenblick, in dem ich wach werden mußte ...

Eines Tages kam ich zu mir. Ich fühlte mich frisch und gesund. Ich lag da und hatte Angst, die Augen zu öffnen.

Ich holte tief Atem. Ich bewegte die Füße. Sie schmerzten ein bißchen.

Dann öffnete ich doch die Augen. Sonnenlicht strömte durch das Fenster. Ich lag in einem Schlafzimmer. Es war einfach, aber sauber, das Zimmer einer Frau, wie die hellen gekräuselten Vorhänge und der farbenfrohe Teppich vermuten ließen. Ich sah mich um. Ein Vorhang, der einen Kleiderständer verdeckte, war halb zur Seite gezogen. Ich sah Tuniken, Hemden, Kleider; nur wenige, aber sie waren bunt und schön. An eine Tunika glaubte ich mich zu erinnern, eine gelbe, vorn tief ausgeschnitten.

Als ich mich aufsetzte, schwankte der Raum einen Augenblick und stand dann wieder still. Vor mir lag eine geschlossene Tür.

Sie öffnete sich, als ich sie anschaute. Laurie trat herein. Ihr Gesicht strahlte. Sie trug ein Tablett mit einer Schüssel und einem Glas, kam zu mir und stellte es auf einem niedrigen Tischchen ab.

»Will«, sagte sie glücklich. »Endlich bist du wach.«

»Ich hoffe es«, sagte ich. Sie trug das weiße Kleid, das sie an jenem Morgen getragen hatte, als ich das letzte Mal bei ihr gewesen war. Ihr Gesicht war gerötet, und sie erschien mir noch schöner als in meinen Träumen. »Ich hatte Angst, es würde alles anders sein.«

»Warum, Will?« fragte sie und senkte die Augen. »Wie schön du das gesagt hast.«

Ich hatte gar nichts Schönes sagen wollen. Es war mir so rausgerutscht, ganz spontan, weil ich eben so fühlte. »Ich muß eine Menge erzählt haben.«

»Ja«, sagte sie. »Aber das meiste waren Fieberphantasien. Sie hatten keinen Sinn.« Sie sah mich dabei nicht an.

Ich seufzte. Dann beugte ich mich vor und sah in die Schüssel. Es war eine würzig duftende heiße Suppe drin. Ich hob sie wie eine Tasse an den Mund und trank sie aus. Das tat gut, aber es machte nicht satt.

»Und jetzt noch etwas Richtiges zu essen.«

»Ich weiß nicht«, meinte sie unsicher. »Du bist so lange krank gewesen.«

»Wie lange?«

»Sechs Tage.«

»Dann wird's ja Zeit, daß ich mal was esse.«

Sie stand auf und rannte fast in den Nebenraum. Ich lag zurückgelegt in den Kissen und hörte, wie sie in der Küche umherlief, hantierte und leise vor sich hin summte.

Das Tablett war schwer beladen, als sie es das zweite Mal hereintrug. In der Mitte, auf einem großen Teller, lag das größte Stück Braten, das ich je in meinem Leben gesehen hatte. Es dampfte noch. In kleineren Schüsseln gab es Kartoffeln, Gemüse und Salat.

Ich aß gierig, auch Laurie zeigte guten Appetit. Gelegentlich schien sie mich besorgt zu beobachten. Als wir fertig waren, lehnte ich mich satt und zufrieden zurück in die Kissen. Ich hatte mich noch nie im Leben so wohl gefühlt.

»Ich habe dir noch nicht dafür gedankt, daß du mich gerettet hast und daß du mich versorgt hast, als ich krank und hilflos war«, sagte ich nach einer Weile. »Es ist fast genauso wie beim erstenmal. Aber diesmal war es viel gefährlicher für dich, und ich zittere immer noch, wenn ich daran denke. Das alles hast du für einen Fremden getan. Warum?«

»Ich war die einzige, die es tun konnte.«

»Wie hast du herausbekommen, wo ich gefangengehalten wurde?«

»Die Leute erzählen mir vieles.«

»Aber wie hast du den Platz gefunden? Wie kamst du da rein?«

»Es gibt immer einen Weg.«

»Und wie hast du mich herausgebracht, als ich ohnmächtig geworden war?«

»Bitte, Will«, wehrte sie ab. »Ich will nicht darüber sprechen. Ich will auch nicht darüber nachdenken.«

Ich atmete tief ein. »Ich werde dich nicht mehr fragen. Aber ich werde davon sprechen. Du hast viel gewagt, und du kannst in keiner größeren Gefahr sein als jetzt. Du sollst wissen, was das alles bedeutet. Deshalb ...«

»Du mußt mir nichts erzählen«, sagte sie.

»Ich weiß. Aber ich will.« Der Drang dazu war überwältigend.

Was Sabatini nicht aus mir hatte herausfoltern können, wollte ich ihr schenken, aus Dankbarkeit und noch etwas mehr als dieser. Ich erzählte ihr die ganze Geschichte, weil ich wollte, daß sie alles von mir wußte ...

Als ich fertig war, schüttelte sie den Kopf: »Und das alles wegen eines kleinen Kristallkiesels?« Aber sie fragte nicht, wo ich ihn versteckt hatte. Sie fragte nur: »Du weißt nicht, was er eigentlich bedeutet und warum ihn alle so dringend haben möchten?«

Ich schüttelte den Kopf. »Vielleicht ist er nur, was die Menschen aus ihm machen. Vielleicht ist er eine Art Spiegel, in dem die Menschen ihre eigenen Begierden sehen. Ich glaube, daß alle die Leiden und Qualen sinnlos waren. Vielleicht ist das schon immer so gewesen.«

»Nein«, widersprach sie. »Das ist falsch. Ich glaube, daß er der Schlüssel zur Festung ist.« Ich sah sie aufmerksam an und überlegte, was sie damit meinen könnte.

»Denke einmal nach«, fuhr sie fort. »Siller, Sabatini und die vielen anderen sind doch keine Träumer, die einem Phantom nachjagen. Das sind harte, realistische Männer. Sie müssen irgendeinen Hinweis haben. Irgendwie muß der Kristall der Schlüssel zu dem gewaltigen Bogen sein, der die ganze Galaxis umspannt, der sie im Gleichgewicht hält. Siller hatte recht. Das Machtgleichgewicht hält die Welten der Galaxis zersplittert. Doch eine einzige simple Entdeckung könnte dieses Gleichgewicht ändern und die Zersplitterung beenden. Ich glaube, daß der Kristall diese Entdeckung ist. Und davor haben viele Angst, weil sie von der Zersplitterung profitieren. Und andere begehren die Macht, die der Besitz des Kristalls ihnen zusätzlich verleihen könnte.«

»Vielleicht hast du recht«, sagte ich. »Ich erkläre dir jetzt, wo er ist. Als ich den Sklavendom verließ, versteckte ich ihn an einer Stelle, wo niemand ihn finden kann, weder du noch sonst jemand. Aber wenn man weiß . . .«

»Ich will es aber nicht wissen«, unterbrach sie mich scharf. »Ich will nicht, daß du es mir verrätst.«

»Aber wenn sie dich aufspürten und gefangennähmen.« Der Gedanke daran war furchtbar. »Wenn Sabatini dich fragte, könntest du es ihm sagen.«

»Ich will lieber nichts zu berichten haben«, sagte Laurie. »Du hast selbst gesagt, das sei besser so. Frieda hatte etwas zu berichten, und sie tat es. Geholfen hat es ihr nicht. Nein, ich will lieber nichts wissen.«

Ich seufzte. »Aber wenn du recht hast mit deiner Vermutung, dann muß ich etwas unternehmen. Der Kristall muß endlich in die richtigen Hände kommen.«

»Aber du sagst doch, daß ihn niemand holen kann.«

»Das ist richtig. Jedenfalls nicht so ohne weiteres.«

Es fiel mir überhaupt nicht auf, daß ich von Laurie so gut wie gar nichts wußte. Selbst wenn es mir aufgefallen wäre, hätte es mich nicht gestört. Ich wußte, was ich wissen mußte.

»Du weißt jetzt alles über mich«, sagte ich. »Bis auf eins. Und vielleicht weißt du das auch. Ich habe eine Menge erzählt, als ich im Fieber lag.«

»Ja«, sagte sie. »Du warst tagelang im Delirium. Ich habe deswegen dem, was du da sagtest, keine Bedeutung beigemessen.«

»Trotzdem war etwas sehr wichtig. Du weißt, was?«

»Nein«, sagte sie.

Es fiel mir schwer, es im Wachsein auszusprechen. Ich hatte Angst, daß ich Laurie unglücklich machen könnte. Aber ich wußte, daß ich keine Ruhe finden würde, wenn ich es ihr nicht sagte. Und so sagte ich es.

»Ich liebe dich, Laurie.« Der Satz klang kühl und sachlich in meinen Ohren. Ich erschrak fast darüber. »Sage nichts! Ich bitte dich um nichts. Ich wollte nur, daß du es weißt.«

Ihre Lippen berührten meine, warm, voll und süß. Sie bewegten sich leicht, als flüsterten sie mir etwas Geheimnisvolles zu. Ich wurde von meiner gewaltigen Freude ergriffen, die mir die Kehle zuschnürte. Neue Kraft floß durch meine Adern.

Ich zog Laurie nahe zu mir heran. Und sie kam wie die Morgendämmerung auf die Welt, fröhlich, voller Licht, Freude und Versprechen ...

»Will«, sagte sie ganz leise. »Will, Will, Will.« Oder war es nur ein Gedanke? Dies war ein Augenblick, in dem wir unsere Gedanken hätten austauschen können, wenn so etwas möglich war.

»Morgen«, versprach ich, »werde ich den Kristall holen.«

XV

Ich beobachtete den Sklavendom und seine Umgebung lange und gründlich. Es ware Wachen aufgestellt worden. Sie gaben sich unauffällig, lungerten in Torbögen und Hauseingängen herum. Sabatini gab nicht auf.

Ich belauerte sie, aber sie bemerkten mich nicht. »Achtet auf einen jungen Mann«, hatte man ihnen wohl befohlen. »Er könnte wie ein freier Agent verkleidet sein oder auch nicht. Jedenfalls ist er sehr groß, kräftig, jung und hinkt.« Für sie existierte deshalb ein vom Alter gebeugter Freigelassener mit zerfetzten Kleidern und einer zerschlissenen Mütze tief in der Stirn nicht.

Es war ein bewegtes Kommen und Gehen, von den gelangweilten Agenten ständig beobachtet. Leute traten durch das flackernde goldene Licht der BARRIERE und kamen wieder heraus. Sie gingen sorgenbeladen hinein und kehrten in Frieden zurück. Einmal sah ich einen Mann mit einem Kasten unter dem Arm eintreten. Er trug das Abzeichen der Zimmerleute auf der Jacke und blieb drin.

Nun schlurfte ich selbst die Stufen hinauf. Meine Zehen waren noch immer empfindlich, aber ich hinkte nicht. Ich achtete peinlich genau darauf und widerstand der Versuchung, dem Schmerz nachzugeben. Ich trat auf die BARRIERE zu und konzentrierte meine Gedanken. Asyl, dachte ich. Asyl für meine Seele. Frieden für den gequälten Geist. Es gibt keine BARRIERE für die, die den Frieden suchen.

Doch es war schwer. Ich suchte weder Asyl noch Frieden. Ein feines Klingelzeichen warnte mich, daß sich die BARRIERE so nicht übertölpeln ließ.

Laurie hat mich verlassen, dachte ich nun. Ich werde sie nie wieder sehen. Sie ist fort, und ich bin nichts. Meine Augen füllten sich mit Tränen. Frieden, dachte ich. Frieden. Ich habe hier eine unglaublich schwierige Aufgabe vor mir, und es gibt keinerlei Hilfe für mich. Keine, die außerhalb der Kirche zu finden wäre.

Zögernd ging ich vorwärts, klammerte mich an die künstlichen Emotionen, die in mir einen echten seelischen Aufruhr schufen, vergaß die BARRIERE, und da teilte sie sich für mich und ließ mich ein.

Der Sklavendom war kühl und dunkel wie immer. Heimweh überfiel mich wie eine Brise aus einem fernen Land. Meine Lippen preßten sich fest zusammen.

Der Gottesdienst ging schon seinem Ende zu. Ich beobachtete das Wunder des Tages und überlegte, wer wohl oben im Kontrollraum saß. Pater Michaelis? Nein, eher wohl Pater Konek.

Mit gesenktem Kopf kniete ich in einer der Bänke nahe dem PORTAL. Wenn ich jetzt entdeckt wurde ... Aus den Augenwinkeln inspizierte ich die Reparaturen. Das gähnende Loch in der Vorderfront war mit Beton ausgeflickt und übermalt worden. Wer auch immer diese Arbeit getan hatte, er war ein Meister seines Fachs. Die Farben und Ornamente paßten sich hervorragend dem Original an. Zwischen der alten Mauer und der reparierten Stelle gab es nur einen haarfeinen Riß. Auch die meisten Kniebänke waren wiederhergestellt oder ersetzt. Im Hintergrund kniete der Zimmermann, den ich gesehen hatte, und wartete auf das Ende des Gottesdienstes.

Anstatt wie die anderen Beter an Gott zu denken, dachte ich an Laurie.

... Es gibt ein Wort für die Menschheit, nur ein einziges Wort, und dieses Wort ist – wähle!

Ich hatte gewählt.

Der Gottesdienst war vorbei. Die Andächtigen verließen langsam die Kirche. Der Zimmermann machte sich so leise an die Arbeit, als wolle er den Frieden dieses Hauses nicht stören. In ein paar Minuten würde Pater Konek den Kontrollraum verlassen. Er würde dann etwa eine Stunde leer stehen bis zum nächsten Gottesdienst. Das war genug Zeit, um meinen Plan auszuführen.

Pater Konek mußte jetzt die Maschine abgeschaltet haben. Er würde allerdings noch einen Augenblick verweilen und versonnen die alten, genialen Konstruktionen bewundern, diese technische Schönheit, die ihm mehr bedeutete als jede Statue, jedes Bild und jede Musik.

Doch jetzt mußte er die Treppen herunterkommen und das Wandbrett beiseite schieben. Dann würde er über den Korridor zu Bruder John gehen, der in seiner Werkstatt auf ihn wartete.

Vorsichtshalber wartete ich noch etwas länger und bereitete meine Gedanken auf den zweiten und gefährlicheren Durchgang vor: Das PORTAL vor mir, blau, durchsichtig und doch fast undurchdringlich.

Ich atmete tief und verlangsamte meinen Puls. Ich dachte an grüne Wiesen, auf denen Friede lag wie ein samtenes Tuch. Ich dachte, ich läge im Gras, bewegungslos, im Frieden mit dem Universum. Ich wollte die Sterne auf ihren Kreisbahnen begleiten, mit ihrem verströmenden Überfluß entflammen, mit ihnen bis zum endgültigen Tod erkalten.

»Tod und Frieden. Tod und Frieden. Die freundlichen, stillen Zwillingsbrüder. Ich werde durch das PORTAL hindurchtreten und dort den ewigen Frieden finden. Ich werde durch das PORTAL treten . . .«

Tiefe Resignation überkam mich. Wenn ich es nun nicht schaffte. Ich stand auf und schlurfte gebeugt auf die blaue, durchsichtige Wand zu. Ich fühlte mich todelend, als ich hindurchtrat, und blieb zitternd auf der anderen Seite stehen. Mit schweißnasser Stirn lehnte ich mich gegen eine Wand und atmete ein paar mal tief durch. Wie alle anderen Fähigkeiten konnte der Mensch auch seine Gedanken und Gefühle mit einiger Übung unter Kontrolle bringen. Es war nicht so schwer gewesen, wie ich gefürchtet hatte, aber schwer genug. Ich hatte mich selbst davon überzeugt, daß ich den ewigen Frieden wünschte, und hatte damit auch das PORTAL überzeugt.

Während ich noch erschöpft an der Mauer lehnte, hörte ich in der gegenüberliegenden Wand Schritte herunterkommen. Ich drückte mich tief in eine Nische. Die Wandverkleidung gegenüber glitt zurück. Pater Konek trat in den Korridor hinaus, blickte noch einmal die Treppenstufen hinter sich hinauf und schloß die

Wand mit kummervoller Miene. Dann wandte er sich zögernd um und ging langsam den Gang entlang.

Ich atmete auf. Er hatte mich nicht bemerkt. Aber was hatte ihn da oben aufgehalten? Was hatte ihn so besorgt gemacht, Warum ging er nicht schneller?

Ich preßte mein Ohr gegen die Wandverkleidung und lauschte. Ich hörte keinen Laut. Natürlich war da niemand. Leise und vorsichtig schob ich das Brett zurück, trat hindurch und schloß ebenso leise wieder hinter mir zu.

Schattengleich glitt ich die Stufen hinauf und blickte hoch. Und da sah ich ihn.

Der zerschossene Spiegel war erneuert worden. Deshalb konnte ich ihn sehen. Er stand flach an die Wand gepreßt auf der rechten Seite des Bogengangs und blickte erwartungsvoll auf dessen Ende. Die Waffe hielt er schußbereit in der Hand. Er wußte nicht, daß ich ihn sehen konnte und daß er mich hätte sehen können, wenn er nur ein einziges Mal über sich geschaut hätte. Er kannte den Spiegel nicht. Aber er hatte mich offensichtlich kommen hören, und seiner Haltung und seinem Gesichtsausdruck nach wollte er den Ankömmling nicht gefangennehmen, sondern töten. Ich hatte ihn noch nie gesehen und doch kannte ich ihn. Er war Agent, ein Bruder aller Agenten, die ich je gesehen hatte, ein tödlicher schwarzer Schatten.

Er wartete, um zu töten, und wußte nicht einmal, wer da kam. Es hätte Pater Konek sein könne, der etwas vergessen hatte. Auch er würde getötet werden. Im nächsten Augenblick mußte der Mann um die Ecke sehen und schießen. Ich besaß keine Pistole, hatte keine mehr haben wollen, weil ich nicht mehr töten wollte. Jetzt bereute ich diesen Leichtsinn.

Er bewegte sich. Im gleichen Augenblick sprang ich schnell und lautlos die letzten Stufen hinauf und drückte mich auf der obersten Stufe eng an die Wand. Gleich um die Ecke stand er, genau wie ich, und wartete. Ich konnte ihn jetzt nicht mehr sehen. Er mich aber auch nicht. Und er konnte nicht wissen, daß ich schon neben ihm stand.

Einige endlose Sekunden vergingen. Langsam schob sich der

Lauf seiner Waffe um die Ecke und richtete sich die Treppe hinab. Ich wartete, bis sie weit genug hervorstand. Das Mündungsloch wurde runder und schwarzer. Dann sah ich einen Flecken Haut von seiner Hand, und nun schlug ich in wilder Wut mit der Handkante zu.

Die Waffe fiel herunter. Er stöhnte schmerzerfüllt auf und riß die Hand zurück. Als er noch mit der Linken das rechte gebrochene Handgelenk betastete, war ich schon um die Ecke und traf ihn in den Magen. Während er zusammenklappte, schlug ich ihn mit der Handkante ins Genick. Er brach bewußtlos zusammen.

Einen Augenblick rang ich nach Luft. Dann bückte ich mich, fesselte ihn sorgfältig und stopfte ihm einen Knebel in den Mund. Nun sah ich mich um. Es war ein gutes Gefühl, wieder hier zu sein.

Alles fand ich an seinem Platz. Ich setzte mich ans Steuerpult. Dann schaltete ich den Energiestrahler ein, setzte die Elektrodenkappe auf und steckte die Hände in die schweren Handschuhe. Als ich das letzte Mal hier gesessen hatte, waren vier Männer in der Kathedrale gewesen, um mich zu töten. Sie hatten mich gesucht. Diesmal war ich gekommen, um etwas zu suchen, und ich mußte mich beeilen.

Ich durchforschte mit dem Strahl die Dunkelheit der Mauern. Ich glitt durch sie hindurch, tastete, stocherte vor und zurück. Nichts. Der Eckstein war leer. Der Kristall war verschwunden.

Fassungslos saß ich da und versuchte mit dieser Tatsache fertig zu werden. Als ich mich umdrehte, war der Agent wieder zu sich gekommen und musterte mich mit offenkundigem Hohn. Er hatte mich töten sollen. Natürlich. Denn der Kristall war gefunden worden, und damit war ich überflüssig.

Einen Augenblick lang fühlte ich Erleichterung. Sabatini wollte mich nur noch töten. Deshalb hatte er die Wachen aufgestellt. Aber er würde mich nicht mehr suchen, denn er hatte, was er wollte. Ich war frei, frei von dem Kristall. Frei zu leben, frei, Laurie zu lieben. Und er hatte ihn nicht von mir bekommen. Er hatte ihn selbst gefunden oder jemand anders hatte ihn für ihn gefunden. Ich hatte nicht geredet. Meine Aufgabe war erfüllt.

Doch dann dachte ich an Laurie, und was sie von mir denken würde. Denn der Kristall konnte, wie sie mir gesagt hatte, der Schlüssel zur Vereinigung der Galaxis sein. In Sabatinis Händen dagegen würde er Terror und Zerstörung auslösen. Ich konnte meine Verantwortung für den Kristall nicht einfach abschütteln, wie ein Hund das Wasser. Vielleicht hatte ich im Delirium meiner Schmerzen doch selbst den Platz an Sabatini verraten. Ich war ja halb verrückt gewesen. Und außerdem war da noch eine kleine Chance.

Der Agent beobachtete mich aus schmalen Augen. Sein Blick gab mir das unbehagliche Gefühl, daß ich etwas Wichtiges, etwas Offensichtliches vergessen oder übersehen hatte. Ich sah mich um. Doch hier fiel mir nichts auf.

Und dann fiel es mir wie Schuppen von den Augen. Hätte Sabatini den Kristall vor einigen Tagen gefunden, so wäre er damit verschwunden und seine Agenten mit ihm. Wenn er sie aber hier postiert hatte, dann mußte er auch noch hier sein und der Kristall mit ihm. Er mußte sich noch im Kloster befinden. Ich hatte das beste Suchgerät von ganz Brancusi zur Verfügung, um das festzustellen, solange er sich in meiner Reichweite befand.

Ich drehte die Kontrollknöpfe und glitt durch die Mauern. Ich senkte die Antennen, um die Gänge und Zellen im Erdgeschoß zu durchsuchen. Ich raste schneller durch das Kloster, als es ein Mensch je gekonnt hätte.

Die Korridore waren leer. Doch da erwartete ich den Kristall auch nicht. Ich war nicht sicher, wo er sein konnte, aber wo ich mit der Suche anfangen mußte, das wußte ich genau. Einen Augenblick zögerte ich vor der Tür, der Tür des Abtes, doch dann schlüpfte ich hinein. Sie waren da.

Der Abt saß in seinem Lehnsessel, groß, weißhaarig und ehrfurchtgebietend. Ihm gegenüber stand Sabatini, dunkel, mit seiner großen Nase, sardonisch lächelnd. Zwischen beiden auf dem Tisch lag der Kristall.

»... wenn Sie es in drei Stunden nicht herausbekommen haben, schaffen Sie es nie. Ich werde es also selbst versuchen«, sagte Sabatini gerade.

»Und Sie glauben, Sie werden erfolgreich sein, wo wir gescheitert sind?« fragte der Abt. »Welche Hilfsmittel stehen Ihnen denn zur Verfügung, die wir nicht haben? Welche Wissenschaftler können Sie an diese Aufgabe setzen?«

»Zumindest«, sagte Sabatini, »werde ich es mit aller Kraft versuchen.«

»Und ihn dabei zerstören. Nein, Carlo, das ist eine allzu subtile Aufgabe für Ihre groben Hände. Sie lassen ihn hier. Wenn überhaupt einer das Geheimnis lösen kann, dann Bruder John. Dieser Kiesel ist zu wertvoll, als daß jemand blind damit herumspielt.«

»Wertvoll«, schrie Sabatini. »Was wissen Sie von seinem Wert? Vielleicht haben Sie vergessen, wieviel Geld dafür bezahlt worden ist. Auch an Sie, wie an viele andere. Und wer hat Ihnen gesagt, daß die Kirche genau durchsucht werden müsse? Wer hat gesagt: Versetzt euch an Danes Stelle! Ihr seid im Kontrollraum belagert – wo würdet Ihr ihn verstecken?«

»Trotzdem«, sagte der Abt, »könnte er für mehr verkauft werden, für weit mehr, als Sie dafür bezahlt haben, besonders, wenn das Geheimnis entdeckt wird. Und wir werden es entdecken.«

Sabatinis Gesicht lief rot an. »Keinen einzigen Chronor!« brüllte er und schlug mit der Faust auf den Tisch. Der Kristall hüpfte hoch.

»Aber, aber, Carlo«, lächelte der Abt ironisch. »Solche Temperamentsausbrüche ist man bei Ihnen ja gar nicht gewöhnt. Ich bin beinahe sicher, daß Sie schon viel zuviel für viel zuwenig riskiert haben.«

»Was ich riskiert habe, gewinne ich auch zurück, und was ich bezahlt habe, nehme ich mir«, brüllte Sabatini.

Er griff nach dem Kristall. Der wich vor seiner Hand zurück. Er merkte es in seiner Wut zuerst gar nicht. Der Abt dagegen sah es sofort.

»Wirklich, Carlo«, sagte er ruhig. »Sie können nicht erwarten, daß wir Sie mit einem Klosterdiebstahl davonkommen lassen. Jedenfalls nicht, solange ich den Kontrollraum zu meiner Verfügung habe.«

»Und ich habe Ihre Zukunft in der Hand. Ein Wort über Ihre Aktivitäten zum Erzbischof und . . . Außerdem habe ich einen meiner Männer im Kontrollraum stehen.«

Wieder griff er nach dem Kristall. Doch der rutschte vom Tisch auf die Erde. Als Sabatini sich bückte, glitt seine Pistole ihm aus der Tasche und hing plötzlich in der Luft. Der Kristall vereinigte sich mit ihr. Nun schwebten sie beide wie von zwei unsichtbaren Händen gehalten.

Sabatini richtete sich auf und griff wutentbrannt nach Kristall und Pistole.

»Nein, nein!« Die Pistole bewegte sich drohend in der Luft, während sich die Worte in seinem Hirn bildeten. Er hielt mitten in der Bewegung inne.

»Wer ist das?« fragte der Abt. »Bist du im Kontrollraum, Vater Konek? Gut gemacht, Vater. Gib jetzt Pistole und Kristall mir!«

Er stand auf und ging darauf zu.

»Nein, Nein!« Der Abt blieb verwirrt stehen, als die Pistole sich jetzt drohend auf ihn richtete.

»Ich bin es, Vater, William Dane. Ein Akoluth, der in die Welt hinausgestoßen worden ist, damit er dort ermordet würde. Ein unschuldiger Junge, verkauft an die Folterer.«

»William«, sagte der Abt. »William, mein Sohn.«

Sabatini riß sich zusammen.

»Ich bin wegen etwas gekommen, das weder ihm noch dir gehört, Vater. Es gehört mir. Einer von euch beiden ist ein gefühlloser, heuchlerischer Verräter, der andere ein brutaler Folterer und Mörder. Und jetzt werde ich euch beide dort töten, wo ihr steht.«

Die Drohung in ihrem Hirn ließ beide zu gleicher Zeit zusammenzucken. Sabatini erholte sich zuerst. Er kreuzte die Arme über der Brust und blickte starr die Pistole an. Das rotangelaufene Gesicht des Abtes wurde bleich.

»Nein«, sagte er heiser. »Das darfst du nicht tun. Du kannst nicht deine Hände mit meinem Blut beflecken.«

»Das Blut eines falschen Abtes? Das Blut eines Eidbrüchigen? Das Blut eines Lügners und Diebes und eines Spießgesellen von brutalen Mördern? Was ist das schon wert?«

Sein Gesicht wurde noch fahler. »Du würdest dein eigenes Blut vergießen«, sagte er schließlich heiser. »Du bist mein Fleisch und Blut. Du bist mein natürlicher Sohn.«

Der Gedanke entsetzte mich. Die Waffe zitterte einen Augenblick in der Luft, weil meine Hände unkontrolliert in den Handschuhen zitterten. Ich war von der Falschheit dieses Menschen überrascht und schockiert gewesen. Aber ich hätte weder ihn noch Sabatini erschossen. Jedenfalls nicht vor dieser Enthüllung. Die Welt begann um mich zu schwanken.

Mein Vater! Jetzt hätte ich sie erschießen können. Beide. Noch ehe sie sich bewegten. Unbewaffnet, wie sie waren. Aus Zorn, Ekel und Entsetzen. Mein Vater! Dieser Mensch!

»Du bist kein Vater. Es gehört mehr als nur ein Akt der Leidenschaft dazu, um aus einem Mann einen Vater zu machen.«

Der alte Mann sank auf die Knie. Er rang die erhobenen Hände. »Bitte«, röchelte er mit trockener, erstickter Stimme. »Mein Sohn.« Er beugte das Haupt vor einer Pistole, einem Kristall und einem unsichtbaren Rachelächeln.

»Also bleib am Leben!« Es war wie ein Aufschrei. »Und leide!«

Ich zog Pistole und Kristall zu mir in den Kontrollraum und litt mit einer Intensität, die ich nie zuvor kennengelernt hatte.

»O Gott! Wenn es irgendeine Hilfe auf der Welt gibt, wenn es irgendeine Hoffnung gibt, dann sprich zu mir!«

Und der Kristall sprach.

XVI

Ich erinnerte mich noch heute genau an jede Einzelheit. Es ist nur schwierig, es in Worte zu fassen, weil er nicht in Worten sprach. Ich muß es in Bildern und Vorstellungen sagen. Doch auch dies sind nur Versuche einer Annäherung.

Perfekte geistige Kommunikation ist eine Erfahrung, die sich nicht erklären läßt. Es läßt sich nichts mit ihr vergleichen. Alles was der Kristall zu sagen hatte, sagte er mir in wenigen Sekunden, obwohl ich Seiten brauche, um auch nur das Wichtigste wiederzugeben.

Der Kristall sagte:

Dir, gedanklicher Kommunikator, der später kommt, der du unser Kind bist, das Kind von uns Terranern, deinen geistigen Kommunikatoren, die einst lebten und liebten und starben und nun alle tot sind, entbieten wir unsere Grüße.

Dies ist die Geschichte deiner Väter.

Eine kleine blaugrüne Welt umkreist eine kleine gelbe Sonne – Terra und Sol. (Es folgte eine Vision der Galaxis in ihrer gesamten Ausdehnung mit ihren Sonnen und Nebeln, ihren Planeten und schwarzen Abgründen. Die Koordinaten von Terra und Sol wurden übermittelt.) Hier wurden die Menschen geboren, hier lebten und starben sie viele Jahrtausende, ehe sie zu den Sternen aufbrachen.

Die Geschichte der Menschen auf Terra war zyklisch. Ihre Zivilisation stieg und fiel periodisch. (Die gesamte Geschichte der Menschheit wurde unauslöschlich meinem Gehirn eingeprägt.) Aber schließlich durchbrach der Mensch diesen Kreislauf und erklomm einen Gipfel, höher als alle, die er je erreicht hatte. Er eroberte den Raum und kolonisierte die Galaxis.

Die Eroberung war kein leichtes Ausschwärmen und Überren-

nen und Konsolidieren. Sie dauerte lange, war mühsam und verbrauchte die besten Kräfte von Terra und des Planetensystems um Sol. Das Leben der auf Terra Zurückgebliebenen litt darunter, während die Kolonien, die durch ein lockeres Band von Erinnerungen und Zuneigung mit ihr verbunden blieben, sich kräftig entwickelten. Dennoch blickten die Terraner zufrieden hinaus in die Galaxis und auf das Imperium, weil es ihr Werk war.

Aber das menschliche Gedächtnis ist schwach, und der Aufbau einer neuen Welt ist schwer. Realistisch gesehen hatte Terra keine Zukunft, nur eine Vergangenheit. Sie konnte nichts als Gefühle exportieren. Aber die Außenwelten wollten Rohstoffe nicht gegen Gefühle eintauschen. Und niemand konnte ihnen klarmachen, wie unrecht sie damit hatten.

Der zweite Akt begann. Als das Imperium nur noch eine sentimentale Erinnerung war, schuf sich Terra ein eigenes Imperium des Geistes. Wissen begann nun von der Erde aus in die Galaxis zu strömen, Erfindungen, Naturwissenschaften, Philosophie. Die Kolonien hatten zum Nachdenken ohnehin keine Zeit. Sie beuteten ihr Erbe, die Sterne, aus. Aber sie waren bereit, für den Prototyp einer neuen Maschine Rohstoffe zu liefern, Nahrungsmittel gegen ein neuentdecktes Naturgesetz einzutauschen und sogar etwas Treibstoff für philosophische Einsichten zu geben.

Aus der ganzen Galaxis kamen die Menschen auf Terra zusammen, um hier zu lernen, zu kaufen und zu verkaufen. Terra wurde der Marktplatz des Universums. Aber die Galaxis wurde unruhig, und die Terraner fürchteten, daß sie zum Zankapfel zwischen den widerstreitenden Parteien werden könnten. Die anderen Welten würden sie zu ihrem Schlachtfeld machen.

Schrittweise löste Terra sich aus ihrer Rolle in der Galaxis. Sie hörte auf zu exportieren, behielt ihr Wissen für sich und machte sich unattraktiv. Die Menschen begannen sie zu vergessen. Sie dachten, Terra würde sterben. Und als dann das Erste Imperium explodierte, wurde Terra übersehen. Während andere Welten in den Flammen starben, überlebte Terra grün und friedvoll und nachdenklich und still und betrachtete mit großer Sorge die Todeskämpfe der Galaxis.

In diesem Frieden ereignete sich etwas Einzigartiges. Die Menschen auf Terra begannen zum erstenmal klar zu denken. Und dies leitete den dritten Akt ein.

Die Terraner entwickelten das Denken so weit, daß sie den Bewußtseinsprozeß selbst unter Kontrolle bekamen und daß sie schließlich die unmittelbare geistige Kommunikation entwickelten.

Aus diesem Frieden und dieser Ruhe heraus stießen die Terraner noch einmal in die Galaxis vor. Nicht wie beim ersten Mal mit Donner und Flammen und großem Geschrei, sondern still, unauffällig und ihrer Verantwortung bewußt. Sie trugen in die Galaxis auf diese Weise einen Hauch von Vernunft, ein feines Gefühl für Einheit, eine leise Hoffnung. Zuerst langsam und zögernd, dann aber immer schneller hörten die überlebenden Welten auf, einander zu bekämpfen. Die Galaxis kühlte ab, die Flammen verloschen, und die Menschheit dankte den Göttern des Friedens, die unerkannt mitten unter ihnen an diesem Werk gearbeitet hatten.

Wir stürzten Herrscher und Regierungen und brachten andere, bessere an die Macht, ständig eine Hand am Puls der Galaxis, während wir mit den anderen die Menschheit wieder aufwärts führten, höher und immer höher. Das Zweite Imperium entstand, die Goldene Zeit der Menschheit, überreich, fruchtbar und glückbringend für alle.

Es war ein langer, reicher Sommer. Doch der Winter, so sehr wir ihn auch hinauszögern mochten, mußte eines Tages kommen.

Aus unserem Aufbau heraus erwuchs unsere eigene Zerstörung. Es wurde eine Maschine erfunden, durch die man uns und unser geheimes Wirken entdeckte. Wild und wütend wandte sich die ganze Galaxis gegen uns.

Wir flohen, flohen die eisigen Winde des Winters. Wir zogen uns fast alle aus der Galaxis zurück, soweit wir lebend davonkamen, in der Hoffnung, daß wir uns auch während der nächsten bevorstehenden Auseinandersetzung verbergen könnten. Und doch wußten wir, daß diese Hoffnung vergeblich war. Sie folgten uns zunächst nicht, weil sie unsere Spur verloren. Aber sie analysier-

ten, deduzierten, dachten mit den Hirnen, die wir trainiert hatten, benutzten die Maschinen, die wir sie hatten erfinden lassen, und so fanden sie die vergessene Terra aus einer Milliarde von Welten heraus.

Heute sahen wir das erste Spähschiff aus der Galaxis. Heute nacht oder morgen früh werden sie kommen – ein letztes Mal zu gemeinsamer Rache vereint, ehe die Galaxis erneut in unzählige lodernde Brände explodieren wird. Ehe sie übereinander herfallen, werden wir sterben müssen. Wir werden uns nicht dagegen wehren. Aber Terra wird eines Tages wieder grün werden. Terra wird ihre Wunden heilen und geduldig warten, bis wieder Menschen auf ihrer Erde spazierengehen. Mit dem Verständnis einer Mutter wird Terra ihren Kindern ihr kindisches Handeln vergeben.

Die Galaxis wird kalt und dunkel werden. Sie wird im Winter eines neuen dunklen Zeitalters frieren, und Terra wird warten. Die Menschen werden vergessen und erinnern, bis Vergessen wie Erinnern und Erinnern wie Vergessen sein wird. Mythen werden entstehen, und Terra wird warten. Diese Botschaft wird überdauern und versteckt wie sie warten an vielen anderen Orten (es folgen die Koordinaten) zahllose Geheimnisse auf dich, der nach uns kommt. Finde sie. Nutze sie weise. Sie sind dein Erbe.

Denn eines Tages wird der Mensch wieder seinen Fuß auf Terra setzen, weil der Kristall mit Sehnsucht erfüllt ist. Die Menschen werden ihn stärker begehren als ihr Leben, und er wird von Hand zu Hand wandern, bis er zu dir kommt, zu dem, der ihn lesen kann.

Denn du wirst da sein und ihn lesen können, weil wir unsere Saat über die ganze Galaxis verteilt haben. Und wenn wir auch morgen sterben, so können wir doch nicht vernichtet werden. Eines Tages werden wir wieder leben, in dir, unserem Kind, und in anderen unserer Kinder, wenn die Samen sich vereint haben und günstige Bedingungen antreffen.

Sei stark, sei weise, sei freundlich.

Terra wartet.

Langsam nahm ich die Kappe ab und legte sie zur Seite. Dann sah ich zu dem Agenten hinüber. Seine Augen funkelten haßerfüllt. Ich stand auf und ließ seine Waffe liegen. Ich wollte sie nicht. Die von Sabatini nahm ich an mich. Er und seine Leute waren noch nicht gekommen, um mir den Kristall wieder abzunehmen. Wieviel Zeit war vergangen, seit ich ihn in den Kontrollraum geholt hatte? Eine Ewigkeit? Ich hatte mehr über die Vergangenheit der Menschheit erfahren, als je ein Mensch zuvor gewußt hatte. Trotzdem war ich sicher, daß dies alles nur Sekunden gedauert hatte. Also war Sabatini noch Minuten entfernt.

Ich sprach zu dem Gefesselten. »Sag deinem Chef, er soll mir nicht folgen. Er wird zwar nicht darauf hören. Aber sag es ihm trotzdem. Sag ihm, ich habe ihn dieses Mal verschont. Und ich werde ihn vielleicht auch noch einmal schonen. Aber ich werde ihn töten, wenn er mich dazu zwingt.«

Langsam ging ich die Stufen hinunter, trat in den Korridor, schob die Wandverkleidung wieder auf ihren Platz. Dadurch konnte ich zusätzlich Zeit gewinnen. Dann trat ich durch das PORTAL. Von dieser Seite aus war das völlig unproblematisch. Ich stand wieder im Kirchenschiff. Den Zimmermann sah ich nicht mehr.

Ich sah auf meine Handfläche. Der Kristall lag noch immer darauf, nicht länger geheimnisvoll, aber von einer Bedeutung, die ihn unendlich kostbar machte. Ich steckte ihn wieder in den Beutel an meinem Gürtel und fühlte mich stark und furchtlos.

Ich ging zu der Bank, an der der Zimmermann zuletzt gearbeitet hatte. Seine Werkzeuge lagen in einem großen Holzkasten. Ich hob ihn hoch. Dann trat ich durch die BARRIERE, die Schultern unter der Last gebeugt, den Kopf gesenkt. Es wurde bereits dunkel.

Bedächtig ging ich die Treppe hinunter und die Straße entlang. Als ich an einem Torweg vorbeikam, langte eine sehnige Hand nach mir und faßte meinen Arm. Ich drehte mich um und zeigte mein altes, abgezehrtes Gesicht.

»Warte mal!« sagte der Agent.

»Laß den doch«, meinte ein zweiter. »Du verrätst nur unsere Position.«

»Aber der Zimmermann ist erst vor ein paar Minuten gegangen.«

»Na, wahrscheinlich hatte er einen Gehilfen. Sieh dir doch den alten Knaben hier an. Das ist niemals Dane.«

Der andere ließ zögernd meinen Arm los. Ich trottete langsam weiter die Straße hinab, ein alter Mann mit einem schweren Werkzeugkasten.

In einer Seitengasse blieb ich stehen und lud den Werkzeugkasten ab. Vielleicht wurde er gefunden und seinem Eigentümer zurückgegeben. Und gerade als ich dachte, ich hätte es geschafft, sah ich die Helikopter vom Himmel fallen wie welke Blätter im Herbstwind.

Ich schaute mich um. Hinter mir waren sie auch. Sie schwebten in einem weiten Kreis mit der Kirche als Mittelpunkt herunter. Wenn sie genügend Leute losschickten, mußte diese Jagd erfolgreich sein. Der Kristall brannte auf meinem Leib.

Schnell ging ich auf die Linie der fallenden Helikopter zu. »Bleiben Sie, wo Sie sind!« kommandierten Lautsprecherstimmen aus der Luft. »Niemand darf unter der Absperrung durch!«

Vor mir drängten sich die Menschen. Sie bildeten eine lebendige Barrikade. Ich mußte gehorchen wie sie alle.

Vielleicht klappte es in der Gegenrichtung. Ich wandte mich unauffällig um und ging den Weg zurück. Andere taten dasselbe. Einige begannen in Panik loszurennen.

»Bleiben Sie, wo Sie sind!« dröhnten die Lautsprecher.

Sie sind überall, dachte ich. Sie müßten überall sein. Und das war die Lösung. Sie konnten gar nicht überall sein. So viele Männer hatten sie überhaupt nicht.

Ich drückte mich in einen Seitenweg. Vor mir erhob sich die Ruine eines verlassenen Warenhauses. Solche Ruinen gibt es auf Brancusi überall. Irgendwo mußte hier ein zerbrochenes Fenster oder eine aufgebrochene Tür sein. Eine Seitentür gab nach, als ich sie kräftig aufdrückte. Dunkelheit gähnte mir entgegen. Ich sah schnell nach rechts und links die Gasse hinab. Niemand beobachtete mich. Ich verschwand in dem schwarzen Loch und versuchte mich an die Dunkelheit zu gewöhnen. Bald erkannte ich die Umrisse von alten Geräten, Möbeln und verstaubten Warenkartons, von leeren Kisten und Regalen.

Mühsam bahnte ich mir einen Weg durch das Durcheinander. Weiter im Hintergrund fand ich, was ich suchte. Hier standen schrankgroße Holzkisten. Eine war offen. Diese Seite drehte ich zur Rückwand. Dann stapelte ich hastig andere Kästen darumherum, balancierte sie so aus, daß sie beim geringsten Anstoß umkippen und herunterfallen mußten, und kroch vorsichtig in mein Versteck hinein.

Erst jetzt kam ich zum Nachdenken. Es waren gar nicht Sabatinis Leute gewesen, die da in Orange und Blau vom Himmel gefallen waren, sondern Söldner des Kaisers. Wer hatte sie alarmiert? Sabatini? Sicher nicht. Das konnte nur der Abt gewesen sein. Er allein wußte außer Sabatini, daß ich den Kristall hatte.

Ob er wirklich mein Vater war? Vielleicht war das nur ein Trick gewesen, mit dem er sein armseliges Leben hatte retten wollen.

Schritte näherten sich. »Paßt auf. Hier gehst du rein und du!« Die Stimme klang befehlsgewohnt.

»So ein Rattennest«, beschwerte sich eine andere. »Hier ist doch seit Jahren niemand drin gewesen.«

»Das sollen wir denken«, meinte ein dritter. »Genau einen solchen Platz würde ich mir aussuchen, wenn ich mich verstecken müßte.« Ich verfluchte ihn im stillen.

»Also los«, kam ergeben die zweite Stimme. »Bringen wir es hinter uns.«

Sie durchstöberten den dunklen Raum und näherten sich langsam meinem Kistenstapel.

»Schieb mal die Kiste da auf die Seite!«

»Vorsicht!«

Krachend und splitternd brach mein kunstvoll aufgeschichteter Stapel zusammen. Ein Mann schrie auf. Es war der Eifrige. »Hilf mir doch!«

»Langsam, langsam! Ich komm' ja schon.« Stoff zerriß, dann noch ein Schmerzensschrei.

»Dieser verfluchte Splitter hat mir das ganze Bein aufgerissen.«

»Ich hab' dir ja gleich gesagt, daß hier keiner ist.«

Die Stimmen entfernten sich. Der Verletzte stöhnte und fluchte.

Ich wartete bis tief in die Nacht. Erst dann wagte ich mich hinaus und machte mich auf den Weg zurück zu Laurie.

Erwartungsvoll stieg ich die brüchigen Stufen zu ihrer Wohnung hinauf. Gleich würde ich bei ihr sein. Ich würde ihr den Kristall geben, und dann würde sie dem Bericht über mein Abenteuer lauschen. Vielleicht schlief sie auch schon.

Dann würde ich sie wecken. Sie würde mich schlaftrunken anschauen, ihre weichen Arme um meinen Hals legen und mich zu sich hinab ziehen, zu sich, zu sich ...

Im Schlafzimmer atmete jemand keuchend, stoßweise und tief. Eine Stimme murmelte rauhe, undeutliche Worte. Ich stand regungslos. Und dann hörte ich die schrecklichen Worte, die meinen Schlaf noch viele Nächte verjagen sollten, Worte so weich wie Samt, so weich und leise, daß ich sie kaum verstehen konnte.

»Mike«, sagte Laurie, »Mike, Mike, Mike ...«

Ich wandte mich sterbenselend zur Tür. Plötzlich glaubte ich zu wissen, warum sie mich gerettet hatte, warum sie mich gepflegt hatte und warum ... Mike, das war der Söldner des Kaisers, den ich bei unserer ersten Begegnung kennengelernt hatte. Doch darüber wollte ich nicht länger nachdenken. Auch sie hatte nur den Kristall haben wollen. Es war mir gleichgültig, für wen sie arbeitete. Ich holte ihn aus dem Beutel. Sie sollte ihn haben. Trotz allem verdiente sie es.

»Ich unterhalte die Leute«, hatte sie mir erzählt. Nun wußte ich, wie sie das gemeint hatte.

Ich fand ein Stück Packpapier im Müll und schrieb mit dem abgebrannten Kopf eines Zündholzes darauf:

»Leider habe ich kein Geld, um Dich zu bezahlen. Sabatini hat es mir abgenommen. Ich dachte, ich hätte etwas sehr viel Wertvolleres gefunden. Doch auch das hat man mir weggenommen. Es tut mir leid, daß ich so dumm war, nur an mich zu denken. Vielleicht entschädigt Dich das ein wenig.«

Ich wickelte den Kristall in das Papier ein und legte das Päckchen auf den Tisch. Dann verließ ich Lauries Wohnung.

XVII

Es gibt viele Möglichkeiten des Überlebens, doch es gibt nur drei Grundmodelle: Angriff, Verteidigung und Sich-Verstecken.

Zum Angriff brauchte man Waffen und Skrupellosigkeit. Zur Verteidigung muß man sich ein Festungssystem aufbauen. Verstecken kann man sich auf zweierlei Weisen: Man kann sich verkleiden und so in seiner Umgebung aufgehen, oder man kann sich wie ein Maulwurf eingraben.

Während der folgenden Tage benutzte ich die beiden letzten Möglichkeiten. Ich sah aus wie ein zerlumpter Freigelassener und wurde in dieser Verkleidung zu einem Teil der Stadt, wie die Mietskasernen, die verlassenen Warenhäuser und die zweifelhaften Geschäfte. Doch ich hatte kein Geld. Deshalb konnte ich nicht essen, ohne zu betteln. Betteln jedoch paßte nicht zu meiner Verkleidung. Und die Verkleidung selbst war unvollkommen. Man wußte ja inzwischen, daß ich wie ein Freigelassener verkleidet war.

Also brauchte ich Geld. Es gab nur eine Möglichkeit, daranzukommen. Ich mußte die Jäger jagen, und ich jagte sie mit bloßen Händen, weil ich keine Pistole mehr benutzen, weil ich nicht mehr töten wollte.

Geduldig wartete ich abends am Rande des Vergnügungsviertels, bis sie auftauchten. Ich sah sie die Straße entlangschlendern. Sie waren zu zweit. Sie gingen nie allein. Ich kannte diese beiden nicht. Aber das war mir egal. Sie waren eine Brut, alle schuldig, alle Mörder.

Sie kamen an meinem Versteck vorbei und ich rannte absichtlich laut davon in das Dunkel einer Seitengasse. Als ich stehenblieb, war ich nur ein paar Schritte von ihnen entfernt in einem Torweg verborgen. Sie blieben stehen, als sie mich hörten, spähten in die Gasse hinein, zogen ihre Pistolen und rannten hinter mir her.

Als der erste vorbei war, streckte ich einen Fuß vor. Der zweite stolperte. Noch im Fallen erhielt er einen Hieb ins Genick. Er fiel zu Boden und lag still. Der andere blieb stehen, drehte sich um und blinzelte blind in die Dunkelheit.

»Sam«, sagte er. »Sam, was ist los?«

Niemand antwortete. Vorsichtig kam er zurück, die Pistole in der Hand. Als er nahe genug war, packte ich sein Handgelenk mit einer Hand und schlug ihm die andere Faust in den Magen. Er krümmte sich stöhnend. Als er den Kopf senkte, flog mein Knie hoch und traf ihn mit voller Wucht unters Kinn. Er taumelte rückwärts, bis er mit dem Kopf gegen eine Mauer stieß. Dort brach er zu einem regungslosen Bündel zusammen.

Schnell zog ich beide aus. Ihr Geld steckte ich ein, es waren etwa fünfhundert Chronors. Dann nahm ich auch ihre Identitätskarten an mich. Waffen und Kleider schnürte ich zu einem Bündel und verschwand damit in der Dunkelheit. Zwei Blocks weiter ließ ich das Bündel in einen Mülleimer fallen.

Nun konnte ich mir selbst andere Kleider beschaffen. Ich brach dazu in einem kleinen Laden ein, dessen Riegel meinem Druck nicht allzu lange widerstand. Es knirschte leise, als die Schrauben aus dem Holzrahmen brachen. Ich lauschte. Das Geräusch hatte niemanden geweckt. Oder der Eigentümer war zu ängstlich, um nachzusehen. Ich ging hinein.

Der spärliche Lichtschimmer, der durch das verschmutzte Schaufenster fiel, reichte völlig aus, weil ich mich inzwischen an das Leben in der Dunkelheit gewöhnt hatte. Ich durchwühlte einen Haufen Kleider, bis ich fand, was ich suchte.

Ich nahm eine saubere geflickte Hose und ein dazu passendes Hemd mit dem roten Abzeichen der Mechaniker. Eine der beiden Identitätskarten war ebenfalls rot. Der Agent mußte früher einmal Mechaniker gewesen sein. Vor einem Stapel Kappen probierte ich, bis ich eine passende fand. Dann packte ich die Sachen zusammen, hinterlegte auf den schäbigen Ladentisch zehn Chronors für die Kleider und die aufgebrochene Tür und zog sie leise hinter mir zu.

Aufgegebene Warenhäuser sind ideale Verstecke, wenn man sich nicht an der Gesellschaft krabbelnden Ungeziefers stört. Mir waren die Viecher gleichgültig. Ich hatte sie in Sabatanis Verlies kennengelernt. Das Warenhaus, das ich schließlich zu meiner Operationsbasis machte, war in einem etwas besseren Zustand als das, in dem ich den Helikoptern entkommen war.

Ich baute mir aus Papier und Kartons ein Nest in einer Ecke am Ende eines aus Gerümpel kunstvoll aufgeschichteten Maulwurfstunnels. Hier schlief ich tagsüber.

Spät abends oder gar erst in der Nacht aß ich in kleinen, schmutzigen Restaurants. Gelegentlich nahm ich einiges von diesen Mahlzeiten mit in mein Versteck. Dort konnte ich mich am Tag darauf von dem ernähren, was die Ratten mir übrigließen.

Als Maulwurf lernte ich die geheimen Wege, die Slums, die Märkte, Gassen, Kanäle und Ruinen der Stadt kennen. Nacht für Nacht streifte ich durch die Viertel, bis ich sie Meter für Meter im Kopf hatte.

Gelegentlich verfolgte ich einen Agenten. Manchmal hörte ich dabei etwas Interessantes. Ich erfuhr, daß sie mich immer noch suchten. Einmal kniete ich an einer Straßenecke, wie um mein Schuhband festzubinden, und belauschte zwei.

»Glück gehabt?«

»Nein.«

»Habt ihr Siller gefunden?«

»Der ist tot.«

»Ist der KONGRESS informiert?«

»Nein.«

»Daß er sich übertölpeln ließ, als er die Antwort schon fast in der Hand hatte.«

»Das hat er nun davon.«

»Aber irgendwo muß dieser Dane doch stecken.«

»Klar. Aber wo? Die anderen finden ihn auch nicht.«

»Vielleicht haben sie ihn schon.«

»Pah.«

Ich machte mich davon. Also waren außer Sabatinis Leuten auch die BÜRGER noch immer hinter mir her.

Eines Tages entdeckte ich den kleinen Agenten aus Sabatinis unterirdischer Höhle. Er bemerkte mich nicht, obwohl ich ihn über viele Blocks weit verfolgte. Er verschwand in einer schmalen Tür. Ich merkte mir die Stelle.

Einen anderen Agenten verfolgte ich bis weit vor die Stadt. Schließlich hockte ich in einem dichten Gebüsch, an dem er längere Zeit wartete. Ein Helikopter kam und landete neben ihm. Ein alter Bekannter, der Händler aus dem Raumhafen, stieg aus.

Ich kroch vorsichtig, jedes Geräusch vermeidend, an die beiden heran.

»Sollen wir ihn jetzt wirklich töten? Warum?« Das war der Agent.

»Auf jeden Fall«, zirpte der Händler. »Anfangs schien er ja ganz nützlich für uns zu sein. Aber jetzt ... Er weiß schon zuviel. Besser er stirbt, als daß die anderen ihn erwischen und ihn zwingen, für sie zu arbeiten.«

»Aber zuerst muß man ihn finden. Wenn ihn die anderen nicht schon haben.«

»Die hatten ihn. Aber er ist ihnen entkommen. Ich glaube nicht, daß sie ihn noch einmal kriegen. Er muß sterben. Es ist möglich, daß er es selbst auch benutzt.«

»Was benutzt?«

Ich fühlte förmlich, wie der Händler mit den Schultern zuckte.

»Jemand hat mich verfolgt, als ich hierher kam«, sagte der Agent.

»Wer?«

»Ich weiß es nicht.«

»Das muß Dane sein«, sagte der Händler. »Der ist inzwischen viel schlauer als die anderen. Wenn du dieses Gefühl noch einmal hast, bleib stehen und beobachte jeden, auch die, die dir unverdächtig vorkommen – vor allem die. Du kannst ihn an seinem Gesicht erkennen. Es ist verbrannt, mit einem hellen Band über den Augen.«

Ich erschrak. Ich mußte vorsichtig sein, wenn ich diesen Platz verließ. Dann flüsterten die beiden nur noch. Ich hatte das Gefühl, daß sie mir eine Falle zu stellen versuchten, daß sie wußten, daß ich hier in der Nähe war. Anstatt nun noch näher heranzukriechen und weiter zuzuhören, wie sie es vielleicht erwartet hatten, schlich ich an den Helikopter heran und verbarg mich zwischen seinen Vorder- und Rücksitzen. Dort wartete ich.

Endlich kamen sie beide. »In Ordnung«, sagte der Händler laut. »Ruf mich nicht wieder an, ehe du was Neues weißt.«

Es raschelte in den Büschen. Der kleine Mann kletterte auf den Vordersitz und wartete. Wieder vergingen Minuten. Die Spannung war fast unerträglich.

»Niemand hier«, rief der Agent von draußen.

Ich fühlte, wie der Händler die Schultern hob. »Es war nur so ein Verdacht,«, sagte er und ließ den Motor anlaufen. Langsam gewann der Helikopter an Höhe. Ich wartete, bis wir ein paar hundert Fuß hoch waren.

»Dreh dich nicht um«, warnte ich ihn. Er kannte zwar mein Gesicht, aber nicht meine neue Verkleidung.

Sein Kopf zuckte. Seine rosig glänzende Glatze wurde kreidebleich.

»Ich könnte dich jetzt leicht töten«, sagte ich. »Ich werde es aber nur tun, wenn du mich dazu zwingst. Warum wollt ihr meinen Tod?«

»Wenn du alles gehört hast, weißt du es ja. Du bist gefährlich.«

»Tötet ihr alles, was ihr für gefährlich haltet? Vielleicht könnte ich auch nützlich für euch sein.«

»Du bist eine unbekannte Größe in diesem Spiel. Wir können kein Risiko eingehen.«

»Wer ist wir?«

Er schwieg.

»Was wollt ihr eigentlich?«

»Eine Galaxis, in der man freien Handel treiben kann.«

»Eine freie Galaxis?«

»Nicht unbedingt.«

»Ist das nicht dasselbe?«

»Nein. Eine freie Galaxis wäre zwar schön, wenn das möglich

wäre. Aber das ist es nicht. Das Kräftegleichgewicht ist Realität. Wir müssen darauf achten, daß es erhalten bleibt. Mehr Freiheit würde dieses Gleichgewicht gefährden und damit unseren freien Handel in Frage stellen.«

»Und ich bin das Gewicht, das die Waage aus der Balance zu kippen droht. Warum habt ihr mich dann an Sabatini ausgeliefert, als ich in dem Schiff saß?«

»Damals wußten wir noch nicht, wie gefährlich du werden kannst. Hätte ich es gewußt, hätte ich dir nach McLeod geholfen. Ich kann dir auch heute noch helfen.«

Ich lachte bitter. »Vielen Dank. Lande dort am Rande der Stadt. Wer ist wir? Die Händler?«

»Ja.«

»Ihr seid organisiert?«

Er schwieg. Der Helikopter berührte den Boden.

»Hände auf den Rücken!« befahl ich. Dann fesselte ich ihn so, daß er sich erst nach einiger Zeit selbst befreien konnte, und verband ihm die Augen.

Bevor ich ausstieg, gab ich ihm einen Rat: »Vergiß den Kristall. Ich habe ihn nicht mehr und weiß auch nicht, wo er ist. Selbst wenn ihr ihn hättet, könntet ihr nichts mit ihm anfangen. Selbst wenn ihr ihn lesen könntet, würde er euch nicht weiterhelfen. Für euch ist er wertlos.«

Er schwieg noch immer. Dann sagte er überraschend: »Ich glaube dir ...« Ich stieg aus und stand noch einen Augenblick neben ihm. Plötzlich sagte er: »Ich gebe dir auch einen Rat: übersieh nicht das allzu Offensichtliche!«

Ich ging eilig davon und tauchte wieder in der Stadt unter. Nachdenklich bedachte ich seine letzten Worte. Schon vor einiger Zeit war ich zu dem Schluß gekommen, daß eine Macht in dieser zersplitterten Welt sich während des Spiels um den Kristall bisher noch verborgen gehalten hatte. Sie hatte ihre Trümpfe noch nicht gezeigt, ja noch nicht einmal ihr Interesse.

Wieder einmal wanderte ich ziellos durch die Stadt und fand mich ohne mein Zutun plötzlich vor Lauries Wohnung. Etwas, von dem ich gedacht hatte, daß es längst abgestorben sei, lebte immer noch in mir. Es flatterte hoffnungsvoll in meinem Innern wie ein Vogel, dessen verletzter Flügel langsam wieder heilt.

Entschlossen stieg ich die Stufen zu Lauries Wohnung hinauf. Ich war ein Narr und ich wußte das. Selbst wenn man mir jetzt hier eine Falle gestellt haben sollte, wäre es mir gleichgültig gewesen, ich mußte sie wiedersehen.

Die Tür war nicht verschlossen. Ich öffnete und trat ein. Die Wohnung war leer. Staub bedeckte den Boden. Hier war schon tagelang kein Mensch gewesen.

»Laurie«, rief ich. Keine Antwort.

Ich durchsuchte hastig die Räume. Nichts. Auf dem Boden nur meine Fußspuren im Staub. Laurie war verschwunden. Wahrscheinlich gleich nachdem ich ihr den Kristall geschenkt hatte. Sie hatte ihn genommen und war damit verschwunden. Oder – ein furchtbarer Verdacht keimte in mir – man hatte sie hier abgeholt.

Ich mußte wissen, wer das getan hatte. Und dazu gab es nur einen Weg.

XVIII

Ich beobachtete die schmale Tür in der Gasse, in der ich vor ein paar Tagen Sabatinis kleinen Agenten hatte verschwinden sehen. Ich wartete drei Tage. Gegenüber war ein Restaurant, in dem ich gelegentlich etwas aß. Ich wartete Tag und Nacht. Nur in den frühen Morgenstunden gab ich meinen Posten auf und verschwand für ein paar Stunden in meinem Maulwurfsnest. Doch ich schlief schlecht. Der Mann, auf den ich wartete, konnte jederzeit durch die schmale Tür treten.

Nach drei Tagen kam er. Er verließ das Haus, als ich gerade im Restaurant saß. Ich ließ eine Münze auf den Tisch fallen, ohne zu merken, was es war, und heftete mich an seine Fersen. Die Kappe zog ich tief in die Stirn.

Der Agent schlenderte offenbar ziellos durch die Stadt. Er ging in eine Kneipe und blieb dort eine Viertelstunde. Einmal verschwand er in einer Mietskaserne und kam erst nach mehreren Stunden wieder heraus. Ich dachte schon, er sei mir durch einen Hinterausgang entkommen. Wieder folgte ich ihm.

Doch nach ein paar Minuten hatte ich das Gefühl, daß ich jetzt auch verfolgt wurde. Einen halben Block zurück schlenderten zwei schwarzgekleidete Agenten hinter mir her.

Als ich die nächste Seitengasse erreichte, glitt ich hinein. Mit drei großen Sprüngen war ich schon an ihrem Ende, sprang hoch und packte den Rand eines niedrigen Daches. Ich zog mich hinauf, sprang von dort erneut, zog mich wieder hoch und war schon auf dem Dach eines zweigeschossigen Hauses, von dem aus ich die Straße überblicken konnte.

Sie gingen unter mir vorbei, lässig, wachsam, aber ohne Aufregung. Sie hatten mich gar nicht beachtet. Ich rannte auf dem

Dach entlang, sprang wieder auf ein niedrigeres Haus, ließ mich in eine Gasse fallen, die parallel zur Straße verlief, und bog wieder in eine Gasse ab, die im rechten Winkel weiter vorn wieder auf die Straße stieß. An der Ecke atmete ich tief durch und wartete gespannt.

In wenigen Sekunden mußte der Kleine erscheinen.

»Psst!«

Der Agent zögerte, blickte sich um und kam in die Gasse. Er sah mich nicht. Von hinten umklammerte ich seinen Hals und zog mit der anderen Hand die Pistole aus seiner Jacke.

»Kein Wort«, flüsterte ich. »Keine Bewegung! Hör gut zu! Dann passiert dir nichts!«

Er wartete mit gespannten Muskeln.

»Sag deinem Chef, sag Sabatini, daß Dane ihn sprechen will. Er soll in die Straße der Tavernen beim Dom der Sklaven kommen. Heute nacht. Allein. Wenn er jemanden mitbringt, wird er Dane nicht sehen. Er soll warten, bis jemand an ihm vorbeikommt und sagt: Folge mir! Er soll dem Mann folgen. Am Ende dieses kleines Spaziergangs wird er Dane treffen. Wenn du verstanden hast, nick mit dem Kopf!«

Er nickte.

»Wenn Sabatini nicht kommt, stirbst du morgen. Du weißt jetzt, wie leicht das möglich ist. Hau ab und sieh dich nicht um!«

Ich stieß ihn zurück auf die Straße.

Nun hatte ich Sabatini schon eine Stunde lang beobachtet. Er lehnte mit unendlicher Geduld in einer Haustür. Obwohl er im Schatten stand, konnte ich seine riesige Nase erkennen. Sorgfältig durchsuchte ich das bunte Durcheinander auf der Straße der Tavernen. Söldner und Freigelassene beherrschten das Bild. Der einzige, der nicht hierher zu gehören schien, war Sabatini. Aber ich kannte ihn zu gut. Ich wußte, daß er nicht allein sein konnte.

Ich schlenderte unerkannt durch die Seitengassen. Und da fand ich sie. Sie lauerten hier im Dunkeln und bewachten die Straße der Tavernen in beiden Richtungen. Er mußte, wenn er mir folgte, an einem von ihnen vorbeikommen. Und dann würden sie ihm folgen, ohne daß ich es merkte. Ich schnappte sie mir nacheinander, so schnell, daß sie wohl gar nicht begriffen, was eigentlich vorging. Nun hatte ich den Rücken frei. Einen Augenblick später strich ich dicht an Sabatini vorbei, wandte den Kopf und flüsterte: »Folge mir!«

Dann ging ich schnell weiter die Straße hinunter und vorbei an den Gassen, die ich von seinen Posten geräumt hatte. Ich sah kein einziges Mal zurück. Er hatte seine Vorbereitungen getroffen und würde kommen. Er fühlte sich sicher.

Als ich in eine Gasse abbog, wartete er einen Augenblick, um seinen Männern Zeit zum Aufschließen zu lassen. Er würde sich nicht wundern, wenn er sie nicht sah. Denn sie hatten ja den Auftrag, sich so unsichtbar wie möglich zu machen.

Im Weitergehen spürte ich, daß er wieder da war. Dann drückte ich eine Tür zu meinem verlassenen Warenhaus auf, machte zehn genau abgemessene Schritte, drehte mich um und beobachtete das Viereck grauer Dunkelheit in der Schwärze. Draußen zögerte Sabatinis Schatten.

»Hier«, flüsterte ich und nahm zwei vorbereitete Schnüre in die Hand. Die eine hatte am Ende einen Knoten.

Leise wie eine Katze kam er durch das Viereck des Eingangs. Sein Schatten wurde noch dunkler. Jetzt bewegte er sich dicht über dem Boden. Ein wisperndes Geräusch, und die Tür klappte wieder zu. Jetzt sah ich ihn nicht mehr. Aber ich wußte, wo er stand. Ich fühlte ihn, wie er regungslos in der Hocke verharrte, weil er seinen Standort nicht verraten wollte. Dabei hielt er fast völlig den Atem an.

Vorsichtig zog ich an der Schnur mit dem Knoten. Zwei Lichter zerschnitten grell das Dunkel. Eins hielt Sabatini in seinem Kreis gefangen und zeigte ihn mit der Waffe in der Hand, geblendet und mit zugekniffenen Augen. Er fuhr hoch.

»Nicht doch!« flüsterte ich. »Sieh mal nach oben!«

Er hielt inne, stand bewegungslos und überlegte, hob dann langsam den Kopf. Im Licht der zweiten Lampe hing hoch über ihm unter der Decke die Blitzpistole, die ich ihm bei meinem

Besuch im Kloster abgenommen hatte. Sie zeigte genau auf den Punkt, auf dem er stand. Er sah die Schnur, die vom Kolben her in die Dunkelheit führte, und wußte, was das bedeutete.

»Keine Bewegung«, flüsterte ich. »Nur deine Waffe darfst du jetzt fallen lassen.«

Sein Gesicht erstarrte zur Maske. Doch ich spürte, wie sein Verstand nach einem Ausweg suchte und wie er an die beiden anderen dachte, die ihm gleich zu Hilfe kommen mußten. Er ließ die Pistole fallen. Sie polterte auf den Boden.

»Stoß sie mit dem Fuß her!«

Er gehorchte. Sie verschwand in der Dunkelheit. Ich beförderte sie mit einem kräftigen Tritt weiter weg. Die Schnüre ließ ich dabei keinen Augenblick locker. Dann wartete ich. Er sollte Zeit zum Nachdenken haben. Endlich brach er das Schweigen.

»Dane?« sagte er leise und freundlich und blinzelte in das Licht. »Ich bin also in deine Falle gegangen. Du hast den Kristall. Was willst du sonst noch? Rache?«

»Keine Rache«, sagte ich laut. »Das Mädchen!«

Er runzelte verblüfft die Stirn. »Frieda? Sie ist tot. Das weißt du doch.«

»Nicht Frieda. Laurie.«

»Ich weiß nicht, von wem du sprichst.« Seine Stimme wurde lauter. »Ich habe keine Mädchen.«

»Eine. Nur eine. Und die will ich zurück, Sabatini. Wenn ihr etwas angetan worden ist, stirbst du hier. Wenn sie noch lebt, sag mir, wo sie ist, und ich laß dich laufen.«

Er kicherte. Es klang unerwartet laut in der Stille. »Du warst schon immer ein Narr, Dane. Wenn ich dieses Mädchen hätte, könntest du mir ja doch nicht trauen und ich dir auch nicht.«

»Ich wüßte genau, ob du die Wahrheit sagst. Du mußt dich auf mein Wort verlassen, denn du hast keine andere Wahl. Dir bleibt sonst nur der Tod.«

»Es sollte doch wohl offensichtlich sein«, erklärte er mit noch lauterer Stimme, damit seine Kumpane ihn endlich fanden, »daß meine Unfähigkeit, dir irgend etwas zu sagen, der beste Beweis für die Wahrheit meiner Beteuerung ist.«

»Wenn dieses Argument nicht eine besonders schlaue Lüge ist.«

»Du überschätzt mich«, sagte er zerknirscht.

Er lauschte angespannt nach draußen.

»Sie kommen nicht«, sagte ich schließlich.

Er zuckte zusammen, entspannte sich aber gleich wieder. »Du bist sehr klug, Dane. Das warst du immer. Von Anfang an. Du könntest eine Welt regieren, wenn du nicht so ein empfindsames Gewissen hättest. Wir zwei gemeinsam könnten es weit bringen. Wir könnten die ganze Galaxis erobern. Gib mir den Kristall und was du über ihn weißt, und ich sage dir, was ich weiß. Ich würde wahrscheinlich auch das Mädchen finden, das du suchst.«

Er beugte sich erregt vor. Ich prüfte seine Worte und glaubte, daß er die Wahrheit sagte. Und trotzdem war da noch etwas anderes. Während ich noch darüber nachdachte, flog er im Hechtsprung aus dem Licht in die Dunkelheit auf mich zu. Ich ließ die Schnüre los und traf ihn mit der Faust ins Gesicht, als er geblendet in die Dunkelheit eintauchte. Ich mußte schnell mit ihm fertig werden, damit er sich nicht an die Dunkelheit gewöhnte.

Er stöhnte auf, taumelte, blieb aber auf den Beinen und ging auf mich los, ein Schatten zwischen Schatten, und ich merkte, daß ich jetzt für ihn im Licht stand. Schnell bückte ich mich und zog an der Schnur mit dem Knoten. Die Lampen gingen aus. Aber Sabatini rammte mich mit der Schulter, als ich mich bückte, und ich taumelte zurück, machte eine Rolle rückwärts und krachte in eine splitternde Kiste.

Mühsam raffte ich mich auf. Irgendwo in dieser Finsternis lauerte Sabatini und gewann seine Nachtsicht zurück.

»Dane!« rief er. Aber das half mir nicht weiter, denn das Echo brach sich an den Wänden. DANE! DANE! Danedanedanedane . . . Ich werde dich töten. TÖTEN! TÖTEN! Tötentötentötentöten . . .«

Ich wußte jetzt, daß einer von uns beiden diesen Platz nicht mehr lebend verlassen würde. Und dann fühlte ich Haß, der von ihm ausströmte, und konnte ihn daran lokalisieren. Geräuschlos zog ich die Schuhe aus und schlich auf Socken in seine Richtung.

Ein Bodenbrett krachte unter mir. Ich wartete. Sabatini bewegte sich unruhig. Und dann sah ich ihn trotz der Finsternis, und meine Faust traf seine Schulter anstatt sein Kinn. Er wankte aber rückwärts. Ich setzte nach und traf ihn wieder und wieder mit Fäusten wie Schmiedehämmern. Doch ich traf ihn nie entscheidend. Auf einmal leistete er Widerstand und schlug zurück. Schlag auf Schlag landete jetzt auf meinem Körper. Meine Arme wurden bleischwer, und ich bekam keine Luft mehr. Plötzlich ließ er von mir ab und wich zurück in die Dunkelheit.

Ich rang keuchend nach Luft. Nur langsam wurde mein Herzschlag ruhiger. Und wieder lauschte ich und spannte alle Sinne an. Da hörte ich ein leises Geräusch auf dem Boden. Ich konnte es noch nicht lokalisieren. Dann knackte es weit hinten. Doch das konnte er nicht sein. Er hatte etwas in die Richtung geworfen, um mich abzulenken. Und jetzt wußte ich wieder, wo er steckte. Er versuchte sich durch die Tür davonzuschleichen, und ich lief lautlos dorthin und machte einen Hechtsprung auf den Punkt, wo ich ihn vermutete.

Als ich mit voller Wucht auf seinem Rücken landete, schrie er auf und fiel zu Boden. Er wand sich wie eine Schlange, er schlug mit Armen und Beinen um sich. Und plötzlich war er über mir und schlug auf mich ein. Ich traf ihn mit einem Fausthieb voll ins Gesicht, trieb ihn zurück, sprang hinter ihm her und umfaßte ihm mit den Armen. Sein Knie fuhr hoch, um mich in den Unterleib zu treten. Ich wich zur Seite aus, einen Arm über seiner Brust, zog ihn über mein Knie, bog ihn wie ein elastisches Stück Holz; seine Muskeln schwollen zu harten Strängen, als er sich dagegen wehrte.

Und plötzlich wurde sein Körper schlaff, als sei etwas in ihm zerbrochen. »Anhhahnnh«, sagte er mit fremder, zersprungener Stimme.

Ich stand auf, blutig und zerschlagen, suchte die Schnüre und machte Licht. Sein Kopf und seine Schultern lagen im Kreis des Scheinwerfers, Füße, Beine und Hüften im Schatten. Ich dachte, er sei tot, doch seine Augen flackerten dunkel und verzweifelt, als er vergeblich versuchte, sich mit den Ellenbogen hochzustemmen. Sein Gesicht verzerrte sich und seine Zähne färbten sich rot, als er seine Unterlippe zerbiß. Dann schloß er die Augen und fiel zurück.

Ich suchte meine Schuhe und zog sie an.

»Dane!« Die Stimme war gebrochen wie sein Rückgrat. Sie war nur noch ein Flüstern. »Bist du da, Dane?«

»Ja.«

»Wer bist du, Dane?« Ich sah zu ihm hinüber. Seine Augen blickten blind in die Dunkelheit. »Du bist kein Mensch, Dane. Ich habe mich von ganz unten nach ganz oben geboxt. Aus eigener Kraft. Ich war ein Nichts, und ich wurde der Diktator der größten der Vereinigten Welten, wo jeder mit jedem um die Macht kämpft und wo Agenten aufsteigen wie die Blasen in einer Jauchegrube. Aber ich habe es geschafft, Dane. Allein. Das alles habe ich aufgegeben, um hierher zu kommen. Ich wußte genau, daß mein Platz dort sofort neu besetzt werden würde. Aber ich wollte den Kristall, weil ich damit die Galaxis erobern konnte.«

Das lange Reden strengte ihn an. Er keuchte vor Schmerzen, als er aufhörte. Doch dann fing er noch einmal an.

»Du allein hast mir im Weg gestanden, du, ein jämmerlicher Akoluth, und du hast mich jedesmal geschlagen. Das war doch ein Wunder, Dane. Wer bist du?«

Er hatte recht. Ich hatte ihn geschlagen, sogar in seiner Höhle war ich stärker gewesen als er.

»Nur ein Mensch«, sagte ich. »Nur ein gewöhnlicher Mensch.«

Nach einer langen Pause kam seine Stimme noch einmal. »Dane, du schuldest mir nichts außer Haß und Rache. Trotzdem bitte ich dich um ein Geschenk. Es kostet dich nichts. Töte mich, Dane. Ehe du gehst, töte mich!«

Ich betrachtete sein Gesicht. Es war nicht länger dunkel, es war kreidebleich. Die Nase ragte daraus hervor; sie warf einen grotesken Schatten. Er meinte es ernst.

»Ich sage jemandem Bescheid«, sagte ich. »Vielleicht kann man dich noch mal zusammenflicken.«

»Nein!« Seine Stimme war fest. »Dane! Ich bitte dich. Tu das nicht! Wenn du mich nicht töten willst, laß mich hier liegen und sterben! Mein Rückgrat ist zerbrochen. Ich werde nie wieder laufen können, selbst wenn ich am Leben bleibe. Ich könnte nur noch kriechen. Kriechen! Ich! Sabatini! Bitte, Dane! Bitte!«

Seine Stimme schwankte. Ich erkannte, daß Sabatini zum ersten Male in seinem Leben um etwas gebeten hatte.

»Wo ist das Mädchen?« fragte ich ihn.

»Ich kenne sie nicht, Dane. Glaube mir!«

Er sagte die Wahrheit. Ich war jetzt ganz sicher. Er kämpfte um seinen Tod, und da lügt man nicht mehr.

»Wer hat sie?«

»Niemand.«

»Der Kaiser?«

»Der?« Seine Stimme war voller Verachtung. »Dieser Trottel weiß doch nicht, was auf seiner eigenen Welt vor sich geht.«

»Die Händler?«

»Nein, niemand. Ich versichere es dir.«

»Woher weißt du das?«

»Agenten und Gegen-Agenten. Spione und Gegen-Spione. Sie tun nichts, was ich nicht wüßte. Ihre Organisationen sind alle unterwandert. Nur kurze Zeit nachdem der Kristall Brancusi erreicht hatte, erfuhr ich davon. Ehe Frieda ihre Befehle von den BÜRGERN erhielt, wußte ich davon. Und ich wußte auch, wem sie ihn übergeben sollte. Aber sie tat es nicht. Sie wollte ihm jemandem anderen geben.«

»Wem?«

»Das weiß ich nicht«, sagte er verwundert. »Sie wurde wahnsinnig, ehe sie es mir sagen konnte. Sie brabbelte nur noch etwas von der Kirche.«

Ich dachte darüber nach. Alles paßte zusammen. Es paßte zu dem Muster, das ich mir zurechtgelegt hatte, zu meiner Meinung von dem unsichtbaren Mitspieler in dem großen Spiel, von jener unbekannten Macht in der Galaxis, die sich bisher noch nicht offenbart hatte. Es war tatsächlich ganz offensichtlich, wie der Händler gesagt hatte. Jetzt wußte ich, wo der Kristall und Laurie waren, jetzt kannte ich die Bedeutung des Kreises, den Laurie anstatt eines Punktes auf das I ihres Namens gemalt hatte. Ich wußte nur noch nicht, wie ich dorthin kommen konnte.

Ich packte die Schnur, die ohne den Knoten, und ging damit zur Tür. Ich öffnete, stand einen Augenblick still und blickte auf Sabatini herab, wie er da lag, verkrüppelt für sein ganzes Leben. Sein Gesicht war nicht länger kühn und herausfordernd, sondern traurig und erbärmlich.

»Dane«, sagte Sabatini schwach. Es war die Bitte eines Hilflosen um Mitleid und Erbarmen.

Ich ließ die Schnur in seine Hand fallen und ging hinaus in die Nacht.

Kaum war ich auf die Gasse hinausgetreten, wurde sie von einem grellen, blauen Lichtblitz erleuchtet.

XIX

Ich stieg die breiten Stufen hinauf. Doch es war nicht so, wie ich es damals geträumt hatte. Ich ging nicht stolz und mutig, sondern langsam, gebeugt und schwerfällig auf das massive Palasttor zu. Ich trug wieder die rauhe, graue Kutte und die große Kapuze. Die Leute liefen zusammen. Sie starrten mir alle nach – die hochmütigen Aristokraten, ihre dekadenten Frauen und die wachsamen Söldner. Aber niemand trat mir in den Weg. Ich erreichte das Tor. Es war dreimal so groß wie ich, und ich fühlte mich klein und unbedeutend, als ich den riesigen Bronzeklopfer hob, so rund wie die Welt und die Umrisse der Kontinente von Brancusi darin eingraviert. Ich ließ ihn fallen und gegen das Tor donnern. Nach einer Weile wurde geöffnet.

Ein Sklave stand vor mir. Er war in kaiserliches Orange und Blau gekleidet und trug eine schwere goldene Halskette.

»Was ist dein Wunsch, Vater?« fragte er respektvoll.

»Ich will vor den Gerichtshof treten.«

»Ja, Vater. In welcher Angelegenheit?«

»Das werde ich dem Gerichtshof selbst verkünden.«

Er schüttelte verwirrt den Kopf, ließ mich aber doch ein und führte mich durch lange Bogengänge, in denen Fresken über die angeblichen Heldentaten und die Weisheit des Kaisers berichteten. Den Boden bedeckten Teppiche. Nur gelegentlich schimmerte rosa Marmor zwischen ihnen hervor.

Vor einem schweren, uralten Tor blieb der Sklave stehen. Er öffnete einen der getriebenen Bronzeflügel und hielt ihn für mich auf. »Der Gerichtshof, Vater.«

Ich trat einige Stufen in den tiefer gelegenen Saal hinab. Auf einer erhöhten Plattform stand ein langer Tisch. Daran saßen drei Männer in orangefarbenen Roben. Hinter ihnen erhob sich ein Thronsessel mit reichen Verzierungen. Er war leer.

Unterhalb des erhöhten Tisches stand ein Käfig aus hölzernen Gitterstäben. Darin hockte ein Pächter, zerlumpt und voller Verzweiflung. In einem weiten Halbkreis von Bänken saßen andere Pächter, Freigelassene und Handwerker. Uniformierte Söldner in leuchtendem Orange und Blau lehnten an den Wänden. Zwei flankierten den Richtertisch. Die Arme verschränkt, blickten sie verächtlich über die Köpfe der Zuhörer hinweg.

Warum, fragte ich mich, sind hier keine Aristokraten und Händler? Und dann erinnerte ich mich an ein altes Sprichwort: »Das Gesetz ist für die Armen da. Es ist das einzige, was sie sich leisten können.«

Mein Auftritt hatte die Verhandlung unterbrochen.

Die Köpfe in den dicht gefüllten Bänken wandten sich mir zu. Die Richter runzelten unwillig die Brauen. Der rechte war alt, sein Haar weiß, das Gesicht tief zerfurcht, seine Augen glichen eiskalten, blauen Murmeln. Der linke war jünger und sah gelangweilt aus. Hochmütig und gleichgültig lehnte er sich in seinem hohen geschnitzten Stuhl zurück. Der zwischen ihnen beugte sich vor und ließ seine schwarzen Augen wie Speere in mich eindringen. Sein Gesicht war hart wie Fels, seine Augen wachsam wie die eines Falken. Er war groß, sein Alter konnte ich nicht bestimmen. Einige seiner Züge glichen denen Sabatinis. Vor ihm mußte ich mich in acht nehmen.

Noch immer stirnrunzelnd wandte er sich zu dem Pächter in dem Käfig.

»Mit welcher Hand hat er das Brot gestohlen?«

»Mit der Rechten, Gerechtigkeit«, antwortete ein Söldner mit lauter Stimme.

»Die Strafe dafür ist bekannt«, sagte der Richter. Er blickte den Pächter finster an und schlug mit einem Hammer auf den Tisch. Ein heller klingender Ton vibrierte durch den Raum. »Schlagt ihm die rechte Hand ab, so wird er nicht mehr stehlen!«

Ein einziger, unartikulierter Aufschrei kam von den Lippen des Gefangenen. Durch die Bänke ging ein Raunen. Doch schnell trat Stille ein, als vier Söldner den Käfig mit dem Unglücklichen in einen dunklen Gang davontrugen.

Die Richter wandten sich zu mir. Wieder fühlte ich erbebend die Falkenaugen in mich eindringen.

»Was führt euch hierher, Vater?« fragte er.

»Der Wunsch nach Gerechtigkeit.«

»Für wen?«

»Für mich selbst.«

Ein Murmeln lief durch den Raum.

»Wer hat euch verletzt, Vater?«

»Viele. Doch ich bin nicht deshalb hier. Ich bin hier, um selbst gerichtet zu werden.«

»Was ist euer Verbrechen?«

»Ich habe getötet.« Die Menge stöhnte auf. Er blickte mich an.

»Ihr wollt auf eure geistliche Würde verzichten?«

»Nein«, sagte ich leise.

Er lehnte sich ratlos zurück. Der Alte beugte sich vor. »Warum kommt ihr dann hierher und stört den Gerichtstag?«

»Es ist die Pflicht des Gerichtshofs, einen verbrecherischen Geistlichen festzunehmen, anzuhören und über ihn zu urteilen«, zitierte ich mit fester Stimme.

Der Falkenäugige beugte sich wieder vor. »Wie plädiert ihr?«

»Nicht schuldig.«

Der Raum kochte über. Auf einen Wink des mittleren Richters traten die Söldner einen Schritt vor. Sofort wurde es wieder still.

»Wenn ihr euch mit dem Gericht des Kaisers einen Scherz erlauben wollt, werdet ihr entsprechend bestraft, trotz eurer geistlichen Würde«, sagte er. »Wenn ihr dagegen in gutem Glauben kommt, sollt ihr erhalten, was euch gebührt: Gerechtigkeit nach dem Gesetz. Aufgrund welcher Tatsachen plädiert ihr?«

»Ich tötete, um mich zu verteidigen.«

»Nur der Kaiser selbst kann das Töten erlauben. Diese Erlaubnis gilt nur für Söldner und — gelegentlich — freie Agenten.«

»Dann plädiere ich auf meine geistliche Würde.«

Der Richter funkelte mich wütend an. »Ist der Beauftragte des Erzbischofs im Saal?« Niemand antwortete. »Gut«, sagte er. »Ihr werdet hier bis morgen festgehalten. Dann werden wir Recht sprechen.«

Als die Söldner auf mich zutraten, sah ich den jungen Richter aufstehen und eilig durch eine Tür hinter dem Richtertisch verschwinden.

Ich wurde in eine Zelle geführt; sie war beinahe komfortabel, gemessen an der, die ich im Kloster bewohnt hatte. Sie war sauber, trocken und hell. Es gab außer Tisch und Stuhl sogar eine nicht allzu harte Liege. Ehe ich einschlief, dachte ich lange nach. Die vertrauten Träume waren jetzt ohne Schrecken.

Frühmorgens kamen sie mich holen. Zwei Söldner in strahlendem Orange und Blau führten mich über Gänge und Steintreppen zurück in den Gerichtshof. Doch diesmal war hier alles anders. Jetzt wurde ich in den Käfig gesperrt. Auch die Bänke hinter mir waren verschwunden. Statt dessen hatte man bequeme Stühle und Sessel aufgestellt. Barone saßen darin und Aristokraten mit ihren Frauen und zahlreiche Händler. Man plauderte angeregt miteinander und wartete auf das versprochene Schauspiel. So jedenfalls schien es mir.

Wieder saßen die drei Richter vor mir. Noch lehnten sie sich entspannt und betont gleichgültig zurück. Ich bewegte mich unbehaglich in meinem Gefängnis.

Ich wartete, froh, daß die Kapuze mein Gesicht verhüllte. Die Spannung wuchs unerträglich. Dann sprangen einige der Zuschauer auf und blickten erwartungsvoll zu dem Tor hinter dem Thronsessel. Die anderen folgten. Das Tor ging auf. Wachen traten heraus, sorgfältig ausgesuchte Männer. Hinter ihnen kam ein älterer Mann in prunkvollen Gewändern, der wegen seiner Körperfülle mehr zu rollen als zu laufen schien. Er hatte ein Schweinsgesicht und schweineschlaue Äugelchen. Schnaufend watschelte er auf den Thron zu, wälzte seinen unförmigen Körper mit Mühe hinein und ließ sich aufstöhnend fallen. Er quoll nahezu über die Armlehnen. Sein elefantengroßer Körper war mit Hunderten leuchtender Juwelen geschmückt.

Das also war der Kaiser von Brancusi, der absolute Herrscher dieser Welt. Ein Schauer der Erregung überlief mich.

Als er endlich bequem saß, nickte er gnädig. Die Richter setzten sich, die Zuschauer folgten ihrem Beispiel. Der Falkenäugige wandte sich dem Kaiser zu und erhielt einen ungeduldigen Wink mit einer winzigen, rosigen Schweinepfote, deren Glieder von Diamanten übersät waren.

Der Richter blickte mich an. »Die Verhandlung über den geständigen Mörder William Dane kann beginnen«, sagte er kalt. »Wie plädierst du?«

»Ich plädiere auf meine geistliche Würde.«

Geringschätzig sah der Richter in den Saal. »Ist der Beauftragte des Erzbischofs im Saal?« Einer der beiden Söldner vor dem Richtertisch antwortete: »Er ist hier.«

»So laßt ihn nach vorn treten und feststellen, ob der Gefangene ein Sohn der Kirche ist oder nicht.«

Aus den Augenwinkeln sah ich eine weiße Kutte an mir vorbeiwehen. Dann warf der Unbekannte die Kapuze zurück, wie um zu zeigen, daß er sich nicht zu verbergen brauche. Ich erkannte das Gesicht des Abtes.

Ich blickte gleichgültig durch ihn hindurch, als er vortrat und forschend unter meine Kapuze blickte.

»Der Gefangene möge seine Kapuze zurücklegen, damit ich sein Gesicht deutlich sehen kann«, sagte er milde.

Einer der Söldner griff durch die Stäbe und riß die Kapuze zurück. Nun blickte ich dem Abt starr in die Augen. Sie schauten mich fest und traurig und ohne zu blinzeln an. Keiner von uns wandte den Blick ab. »Dies ist William Dane, Gerechtigkeit.«

Ein Murmeln erhob sich und schwoll ab.

»Welchen Stand hat er?«

»Er war Akoluth im Kloster, aber er brach die Gelübde und floh.«

»Wollt ihr ihn zurückhaben für die Kirche?«

»Nein«, antwortete er mit trauriger Stimme. »Das ist unmöglich.«

Die Menge stöhnte auf. Die Spannung wich. »Als er aus dem Kloster floh, begab er sich außerhalb des Schutzes der Kirche und ihrer Jurisdiktion.«

Das hatte ich erwartet. Ich lächelte ihn an.

»Danke, Vater«, sagte ich ironisch so leise, daß nur er es hörte.

Er schüttelte bekümmert den Kopf. »Ach, mein Sohn.«

»Berichtet dem Gericht über die Umstände der Flucht«, sagte der Richter.

Der Abt wandte sich um. Er stand jetzt so dicht vor meinem Käfig, daß ich ihn mühelos an der Kehle hätte packen können. Aber darüber war ich jetzt hinweg. Es war nichts mehr zwischen uns.

»Ein kleiner Kristallkiesel geriet in seinen Besitz. Er war dem Kaiser gestohlen worden. Dane verbarg ihn in der Kirche, ehe er floh. Später kam er zurück, um ihn zu holen.«

Der Abt verbeugte sich vor dem Kaiser und den Richtern, allerdings nicht so tief, wie er es erst vor ein paar Tagen vor dem Kristall und Sabatinis Pistole getan hatte. Dann ging er zurück auf seinen Platz.

»Hat der Gefangene dazu noch etwas zu sagen, ehe das Urteil gesprochen wird?«

Ich blickte in die kalten, durchdringenden Augen. »Mit Erlaubnis des Gerichts werde ich eine kleine Geschichte erzählen.«

»Beginne.«

»Vor einer Zeit besaß der Kaiser von Brancusi einen Kristall. Niemand kannte seine Bedeutung, und doch begehrten ihn viele.« Ich legte eine Pause ein und blickte den Kaiser an. Der bekam schmale Augen und leckte sich nervös die Lippen.

»Dem Kaiser stand ein Mädchen nahe. Es hieß Frieda. Frieda stahl den Kristall für eine Organisation, die sich die BÜRGER nennt. Sie sollte ihn einem Mann namens Siller übergeben. Doch Frieda überlegte es sich anders. Sie wollte den Kristall jemand anderem geben. Auf dem Weg dorthin wurde sie von einem Mann namens Sabatini verfolgt. Dieser war einst der Herrscher der mächtigsten unter den Vereinigten Welten gewesen. Er wollte den Kristall in seinen Besitz bringen. Aus Angst ließ Frieda den Kristall auf die Opferplatte des Sklavendoms vor ihm fallen. Damit übergab sie ihn mir. Und möglicherweise habe ich inzwischen herausgefunden, was der Kristall bedeutet.«

Hinter mir im Saal erhob sich aufgeregtes Raunen. Die Richter saßen plötzlich gespannt vorgebeugt, selbst der junge. Der Kaiser flüsterte dem mittleren etwas ins Ohr. Der sprach jetzt weiter.

»Wo ist das Mädchen Frieda?«

»Sie ist tot.« Die Zuhörer seufzten auf.

»Wo ist der Mann Siller?«

»Tot.«

»Wo ist Sabatini?«

»Tot.«

Die Richter berieten. »Sind es diese Morde, die du gestanden hast?«

»Siller versuchte mich zu töten und kam bei diesem Versuch selbst ums Leben. Frieda wurde von Sabatini ermordet. Sabatini beging Selbstmord. Ich tötete drei Männer in Notwehr. Sie waren von Sabatini angeheuerte freie Agenten.«

»Du hast gehört, daß Töten nur erlaubt ist, wenn es der Kaiser durch seine Autorität gestattet. Die Kirche akzeptiert dich nicht. Worauf plädierst du?«

»Auf meine geistliche Würde.«

»Du mußt einen anderen Grund vorbringen.«

»Es gibt Prüfungen«, sagte ich. »Ich fordere, daß sie anerkannt werden.«

Die Richter berieten flüsternd. »In diesem Fall gilt die literarische Prüfung nichts«, entschied der mittlere.

»Es gibt überzeugendere. Eine steht über allem Zweifel. Es ist die, welche Juda, der Prophet, anführt. Sie gilt in der ganzen Galaxis.«

Der Richter fuhr mich scharf an. »Du willst ein Wunder wirken?« Sie flüsterten miteinander und drehten sich dann um zum Thron des Kaisers. Plötzlich wußte ich, daß ich diesen Fleischberg nicht unterschätzen durfte. Er konnte meine Forderung zurückweisen, wenn er es für opportun hielt, mit der Kirche zu brechen.

»Die Kühnheit des Gefangenen soll belohnt werden«, sagte er jedoch mit weicher, farbloser Stimme. »Er soll seine Chance erhalten und seine geistliche Würde durch ein Wunder beweisen. Unter einer Bedingung.«

Der Saal wartete in atemloser Spannung.

»Wenn er versagt, wird er schuldig gesprochen. Dann muß er mir alles enthüllen, was er über den Kristall weiß.«

Er wartete. Ich frohlockte innerlich. Der fette Fisch hatte angebissen und hatte meinen Köder geschluckt. Jetzt kam es nur noch darauf an, ob es tatsächlich jene unbekannte Hand am anderen Ende der Schnur gab, wie ich vermutete.

Ich verneigte mich. »Einverstanden, Majestät.«

Der Kaiser lächelte listig. »Durchsucht ihn!«

Zwei Söldner traten an den Käfig, öffneten ihn und durchsuchten mich von Kopf bis Fuß. Als sie verwirrt und mit leeren Händen zurücktraten, schwand das Lächeln aus dem Gesicht des Kaisers. Er starrte mich zweifelnd an und winkte dann ungeduldig mit seinem Schweinepfötchen. »Fang an!«

Ich verbeugte mich, blickte dann auf und breitete meine Arme aus. »Wenn ich hier kein Wunder wirken und meine geistliche Würde nicht beweisen kann, so ist es nur gerecht, wenn der Kaiser als weltliche Macht dieses Planeten die Geheimnisse des Kristalls erfährt. Die Entscheidung darüber, Majestät, liegt jedoch weder bei mir noch bei euch. Sie liegt in den Händen des EINEN dort oben.« Ich hob meine Arme zur Decke. »Ich erwarte DEINE Entscheidung.«

Ich wartete voller Zuversicht. Doch als die Sekunden davoneilten, wuchsen meine Zweifel. Ich fürchtete, daß ich mich geirrt hatte, daß ich Laurie nie wiedersehen würde und daß ich nun bald sterben müßte.

Doch plötzlich begann der große Saal um mich herum zu flimmern, und ich sah noch einen Augenblick die ungläubig zusammengekniffenen Äugelchen des Kaisers und sein fettes Schweinsgesicht. Der Raum verschwand. Ich wurde von der Nacht verschluckt.

XX

Ich hatte dieses Gefühl schon einmal gehabt: einen langen freien Fall durch endlose Finsternis. Nur dauerte diesmal alles weit länger als damals bei meiner Flucht vor Sabatini aus dem Kontrollraum. Und am Ende wartete keine Bewußtlosigkeit auf mich.

»Hallo, Laurie«, sagte ich und blinzelte ins Licht.

Sie zog die Hände aus den unförmigen Handschuhen und nahm die Kappe von ihrem vollen braunen Haar. Dann sah sie mich an. Einen Augenblick blieben mir die Worte im Hals stecken.

»Vielen Dank für das Wunder«, sagte ich endlich. »Allmählich gewöhnst du dich wohl daran, mich zu retten.«

Sie lächelte müde. »Du hast uns keine andere Wahl gelassen.« Sie trug eine hochgeschlossene blaue Tunika. Doch erinnerte ich mich noch allzugut an andere Kleider. Meine Hände hingen unbeholfen herab. Mit ihnen hatte ich Laurie einmal umarmt. Wären Taschen in meiner Kutte gewesen, ich hätte meine Hände darin versteckt.

»Genau das war meine Absicht. Wo ist der Erzbischof?«

»Er schläft. Du wirst ihn heute nicht mehr sehen. Vielleicht morgen.«

»Das macht nichts.« Ich sah mich neugierig um. Es war ein kleiner Raum mit einem Fußboden aus einer gummiähnlichen Masse, Wänden aus Metall und einer metallenen, niedrigen Decke. Von den Maschinen kannte ich kaum die Hälfte aus meinen Studien bei Bruder John.

»Es ist das Schiff des Erzbischofs«, erklärte Laurie. »Er ist auf einer seiner Inspektionsreisen. Wir sind in einer ziemlich hohen Umlaufbahn, damit man uns nicht entdeckt. Deshalb war es auch so schwer, einen Fixpunkt im Gerichtssaal zu finden. Beinahe hätte ich dich nicht herausholen können. Selbst als ich anfing zu ziehen, war ich nicht sicher, daß ich dich auch wirklich gepackt hatte.«

»Du mußtest ja nicht. Du hättest mich ja auch dort lassen können.«

»Damit du dem Kaiser das Geheimnis des Kristalls enthüllst?«

»Also habt ihr ihn nicht lesen können.«

Sie schüttelte den Kopf. »Trotzdem war es leichtsinnig von dir. Du konntest nicht sicher sein, daß der Erzbischof seine Hände im Spiel hatte, daß er von deinem riskanten Versuch erfuhr und daß er die Macht hatte, dich zu retten.«

»Natürlich nicht. Aber ich habe zwei und zwei zusammengezählt. Ich wußte von der Inspektionsreise. Siller erzählte mir davon, und später erwähnte Sabatini sie gegenüber dem Abt. Und nachdem ich alle anderen Mächte abgehakt hatte, die vergeblich hinter dem Kristall hergewesen waren, blieb allein die Kirche übrig. Und du mußtest für sie arbeiten und die Macht haben, mich herauszuholen. Schließlich hattest du mich ja auch aus dem Verließ in Sabatinis Burg herausgeholt, und das mit deinen schwachen Kräften.« Ich lächelte und zeigte auf die Maschine. »Und dann war da noch dein Brief an Falescu. Die Bedeutung des Kreises über dem ›I‹ fiel mir ein, das Symbol der Kirche, mit dem wir den Segen spenden.«

»Hast du den Kristall wirklich gelesen, oder war das nur ein Trick?«

»Beides«, lachte ich. »Ich hätte dem Kaiser alles sagen können, was ich weiß. Und doch hätte es ihm nicht geholfen. Es wird auch dem Erzbischof nicht weiterhelfen. All die Qualen und die Toten waren umsonst.«

»O Will«, sagte sie, und ihre Augen verdunkelten sich.

Ich wollte zu ihr gehen und sie in die Arme nehmen. Statt dessen tat ich aber, als studierte ich interessiert die Maschine.

»Laurie«, sagte ich, »Laurie.«

Sie sah mich schnell an, fast eifrig. »Ja?«

»Nichts«, sagte ich. Wir schwiegen.

»Was ist der Kristall?« fragte sie endlich. »Willst du es mir erzählen, Will?«

»Für einen Preis, ja.«

Sie sah mich lange an. »Welchen?«

»Ich werde ihn dem Erzbischof nennen, wenn ich ihn sehe.«

Sie dachte nach. »Wünsche dir nicht Leben oder Freiheit, Will. Er ist ein guter Mann. Das gibt er dir umsonst. Aber erzähle mir nun vom Kristall.«

Ich zögerte, wußte ich doch, daß ich jetzt das gefährdete, was ich mir so sehr wünschte und dem ich jetzt so nahe war. Und dann sagte ich: »Wenn du mir versprichst, daß du keinem davon erzählst. Auch nicht dem Erzbischof, vor allem nicht dem Erzbischof, ehe ich nicht selbst mit ihm gesprochen habe ...«

»Ich werde es nicht tun«, versprach sie.

»Gut«, sagte ich. »Hole den Kristall. Ich brauche dir nichts zu erzählen. Er kann das selbst.«

Sie holte ihn. »Lege ihn auf die Maschine«, sagte ich. Sie legte ihn vorsichtig auf die bezeichnete Stelle. Wir starrten ihn an und blickten dann gleichzeitig auf und einander in die Augen.

Ich liebe dich, Laurie, dachte ich. Ich liebe dich. Der Gedanke war bitter und hoffnungslos.

Lauries Gesicht überzog sich mit einer zarten Röte. Sie blickte zu Boden.

»Du hast verstanden, was ich dachte«, sagte ich. »Du kannst Gedanken hören?«

»Manchmal, wenn mein Verstand offen ist.«

»So wie jetzt?«

»Ja.«

»Nun versuch dasselbe mit dem Kristall. Richte deinen Verstand auf ihn. Bitte ihn, zu dir zu sprechen.«

Sie schaute den Kristall an, lange und drängend. Ihre Augenbrauen zogen sich zusammen. Endlich seufzte sie und sah verwirrt fort.

»Was hast du gehört?«

»Nichts«, sagte sie. »Nur ein fernes Murmeln. Oder ein Summen. Wie die Bienen in einem Korb. Was ist das, Will? Ist das alles?«

Ich atmete tief aus. Auch diese Hoffnung war umsonst gewesen.

»Setze die Kappe auf und versuche es noch einmal.«

Sie setzte die Kappe auf, schaltete den Hauptschalter ein und schaute auf den Kristall. Auf einmal wurden ihre Augen weit, und ich sah, wie schnell die Botschaft übertragen wurde.

»O Will«, sagte sie atemlos. »Wie traurig. Wie wunderbar und wie traurig.«

»Das traurigste ist, daß diese Menschen noch nicht geboren sind.«

»Vielleicht dauert es nicht mehr lange«, sagte sie voller Hoffnung. »Ich kann ein bißchen Gedanken lesen. Und du?«

Ich schüttelte heftig den Kopf.

»Du kannst es auch«, sagte sie bestimmt. »Ein-, zweimal fühlte ich, wie sich unsere Gedanken trafen. Du weißt, wenn jemand die Wahrheit sagt. Du kannst Gefühle anderer fühlen, wenn sie stark genug sind. Vielleicht kannst du sogar Menschen mit Hilfe ihrer Gedanken lokalisieren.«

»Ja«, sagte ich und dachte an meinen Kampf mit Sabatini. »Aber ich dachte, das könnte jeder.«

Sie schüttelte den Kopf. »Ich kenne die halbe Galaxis. Aber ich kenne niemanden, der kann, was du kannst und was ich kann. Doch das ist noch nicht genug. Wenn ...« Sie wurde plötzlich rot.

Ich wußte, was sie meinte.

Aber ich schwieg.

»Du warst die Kontaktperson, die Frieda treffen sollte«, sagte ich dann. Sie nickte. »Deshalb hast du diese Lieder gesungen. Jeder, der Informationen für euch hatte oder der Instruktionen haben wollte, brauchte nur auf diese Lieder zu hören.«

»Ja.«

»Falescu arbeitete auch für euch.«

»Natürlich. Er sollte dich zum Schiff des Erzbischofs bringen. Aber kaiserliche Agenten holten ihn zu einem Verhör. Sie hatten einen Verdacht, doch sie erfuhren nichts von ihm und mußten ihn wieder freilassen. Komm! Du wirst müde sein. Ich zeige dir deinen Schlafplatz.«

Laurie führte mich durch enge Gänge in einen kleinen würfelförmigen Raum mit einem Bett, einem Stuhl, einem Waschbecken und einigen anderen Kleinigkeiten.

»Laurie«, sagte ich, als sie gehen wollte. »Verzeih mir den Brief. Das war nicht nötig.«

»Nein«, sagte sie.

»Vergibst du mir?«

»Das habe ich längst getan.«

»Laurie«, sagte ich, um alles loszuwerden, was mich bedrückte. »Warum hast du das mit Mike getan?«

»Es war meine Pflicht«, sagte sie.

»Pflicht wem gegenüber?«

»Dem Volk und dem Erzbischof.«

»Du brauchtest nicht so weit zu gehen.«

»Frieda ging noch viel weiter.«

»Aber ...« Ich hielt inne und dachte: Ich liebe dich, Laurie.

»Ich liebe dich, Will.« Klar und glockenrein klang es in meinem Verstand. Es gab keine Mauern mehr zwischen uns. Doch als ich ihr Gesicht betrachtete, sah ich, daß sie bleich und unglücklich aussah.

»Es ist schwer zu ertragen, das mit Mike, nicht wahr?« fragte sie sanft.

»Das darf es aber nicht«, sagte ich. »Es könnte die schönste Sache der Welt sein. Wir zwei könnten glücklicher sein als je zwei Menschen zuvor.«

»Ja.«

»Laurie«, sagte ich mühsam. »Gib zu, daß das alles ein Fehler war. Daß du nur eine Rolle gespielt hast.«

Aber sie schüttelte den Kopf. »Ich hätte so etwas nicht spielen können, Will. Das weißt du. Es wäre auch nicht gut, dich zu belügen. Ich bin eine Frau. Ich tat, was notwendig war. Manchmal war ich dabei glücklich, manchmal nicht. Ich habe dadurch Dinge erfahren, die ich sonst nicht erfahren hätte. So erfuhr ich zum Beispiel, wo Sabatini dich versteckt hielt und daß die Söldner des Kaisers dich nicht gefangengenommen hatten, als du den Kristall holen gegangen warst. Ich bemitleide mich nicht deswegen. Du tust mir leid. Das ist ein Unterschied.«

»Ja«, sagte ich dumpf.

Sie stand auf, sah mich einen Augenblick traurig und schweigend an. »Gute Nacht, Will.«

Ich sagte nichts. Die Mauern waren wieder zwischen uns. Höher und stärker denn je. Wir hatten sie mit Liebe eingerissen und mit Worten wiederaufgebaut.

Sie klopfte an die Tür. Ich wußte, daß sie es war. Ich stand auf und öffnete. Ich hatte mich nicht ausgezogen, nachdem sie mich verlassen hatte, und war erst nach langem Grübeln eingeschlafen.

»Der Erzbischof will dich sprechen«, sagte sie, ohne mich anzusehen.

Sie führte mich wieder durch die Gänge, und ich dachte an die drei Wünsche, die ich hatte. Einen für die Menschheit und zwei für mich selbst.

»Warum hat er dich so sehr gehaßt?« sagte Laurie.

»Wer?«

»Der Abt.«

»Er ist ein ehrgeiziger Mann. Und er sagte – er sei mein Vater.«

Sie drehte sich nach mir um und sah dann wieder geradeaus. »Der arme Mann«, sagte sie leise.

Ich hätte alles erwartet, nur nicht eine solche Bemerkung. Doch ich sollte sie bald verstehen lernen.

»Ja«, sagte ich.

Sie blieb vor einer Tür stehen und klopfte leise.

»Herein«, kam eine Stimme aus der Kabine.

In der Mitte des würfelförmigen Raumes saß auf einem Stuhl ein alter Mann. Er war ganz weiß, seine Kleidung, sein Gesicht, sein Haar und seine Hände. Er war ein Krüppel und konnte nicht gehen. Und dann merkte ich, daß er längst nicht so alt war, wie er aussah. Krankheit, Schmerz und Sorgen hatten tiefe Furchen in sein Gesicht geschnitten und Höhlen um seine Augen gegraben.

Diese Augen waren weise und freundlich, und ich wußte, daß ich ihm trauen konnte.

»So treffen wir uns endlich, mein Sohn«, sagte er freundlich.

»Endlich?«

»Ich war sehr interessiert an dem, was dir widerfuhr, und an dem, was du getan hast.«

Ich senkte den Kopf und schwieg.

»Setzt euch«, sagte er.

Wir holten Stühle und setzten uns. Ich ihm gegenüber. Laurie neben ihm. Sie waren auf einer Seite vereint, ich saß allein auf der anderen.

»Der Kristall erwies sich also als nutz- und wertlos«, begann er.

Ich sah Laurie an. »Du hast es ihm doch erzählt...«, sagte ich vorwurfsvoll.

Sie hob herausfordernd den Kopf. »Ja. Ich konnte dich nicht mit ihm handeln lassen. Du hättest etwas fordern können, das ihn verletzte.«

Ich lehnte mich tief gekränkt zurück. »Dein Wort bedeutet dir wohl nichts?«

»Nichts. Ich habe mehr als das geopfert.«

»Und doch meintest du es ehrlich, als du es versprachst. Was hat dich umgestimmt?«

Der Erzbischof blickte von mir zu ihr und zurück und hob nun seine fast durchsichtige Hand. »Kinder«, sagte er. Wir schwiegen und funkelten uns stumm an. »Sie hat es mir berichtet«, sagte er und lächelte leicht. »Aber ich glaube, sie hat dabei mehr an dich als an mich gedacht. Dieses Kind kennt mich zu gut. Jetzt, da ich mich erst einmal in die Sache eingelassen habe, kann ich dir nichts verweigern, wenn es nur einen Sinn hat.«

Ich runzelte die Stirn und blickte auf Laurie. Sie sah mich nicht an.

»Was wünschst du dir, mein Sohn?«

»Später«, sagte ich. »Du meintest, der Kristall sei nutz- und wertlos. Das ist nur halb richtig. Der Kristall ist nutzlos, aber nicht wertlos.«

»Ein feiner Unterschied.«

»Aber ein wichtiger. Wir können ihn nicht benutzen, weil wir nicht die Kraft haben, seine Instruktionen auszuführen. Er ist nicht an uns gerichtet. Aber er ist nicht wertlos, weil er eine Idee verbreitet, die die Galaxis verändern und auf das Dritte Imperium vorbereiten könnte. Ja, er enthält sogar zwei Ideen.«

»Ich fürchte, ich kann dir nicht folgen, mein Sohn.«

»Verzeih, wenn ich eine Menge Dinge wiederholen muß, die dir längst bekannt sind. Aber vielleicht sind dir die Realitäten der Galaxis nicht so eingebleut worden wie mir.«

»Und welche Realitäten sind das?«

»Die Galaxis ist in Tausende voneinander getrennte Welten zersplittert. Jede liegt mit der anderen im Streit, jede ist eine Festung für sich, die nicht erobert werden kann, außer auf Kosten des Untergangs des Eroberers. Die Grundwahrheit ist, daß Verteidigung der Aggression weit überlegen ist.«

Der alte Mann nickte.

»Und deshalb haben wir eine Festungs-Psychologie entwickelt, die alles durchdringt und bestimmt. Sie bedeutet Isolation, Furcht vor Angriffen, Fremdenhaß. Sie bedeutet starke, zentralistische Regierungen, Diktaturen. Sie bedeutet Machtkonzentration, Konzentration des Reichtums und der Autorität. Sie bedeutet Unterdrückung des Volkes, das unwissend, apathisch und angstvoll zu den Oberen aufschaut, weil diese für Verteidigung und Ordnung sorgen. Sie bedeutet Stagnation, Verfall, langsames Verfaulen aller Formen menschlicher Zivilisation, technischen Könnens und der Wissenschaften.«

»Das ist wahr«, sagte er. »Aber es gilt nicht für die Kirche. Sie ist das Reservat des Wissens und des technischen Könnens.«

»Darauf komme ich später noch. Solange dieser teuflische Kreis von Verteidigung, Zentralisation, Unwissenheit, Unterdrückung und Angst nicht zerbrochen wird, gibt es keine Hoffnung für die Galaxis. Und alles Wissen der Kirche ist wertlos, weil niemand etwas damit anfangen kann.«

»Willst du etwa«, sagte er und hob eine weiße gebogene Augenbraue, »daß wir die Aggressoren stärken sollen, daß wir den ehrgeizigsten Herrschern Waffen geben sollen, um so den Kreis zu zerbrechen?«

Ich schüttelte den Kopf. »Das wäre eine Lösung. Aber das Blutvergießen und die Zerstörung wären entsetzlich.«

Laurie mischte sich ein.

»Was ist dann die Antwort?«

»Langsam, langsam«, sagte ich. Ich wußte die Antwort, aber ich mußte sie so vortragen, daß ich den Erzbischof überzeugte. »Das Grundbedürfnis der Festung ist die Unwissenheit des Volkes. Ein intelligentes, gebildetes Volk kann man nicht daran hindern, aus der Festung auszubrechen. Wissen ist eine physische Macht, die die Festung von innen her zerbrechen würde. Das wissen die Herrscher. Deshalb ist es das erste Prinzip ihrer politischen Philosophie, die Untertanen schwach und unwissend zu halten. Das ist ein physisches Prinzip und ein geistiges dazu. Aber im wesentlichen meinen beide dasselbe: Gebt dem Volk keine Waffen!«

Das Gesicht des Erzbischofs zeigte nicht, ob er mich verstand.

»Weiter«, sagte er ruhig.

»Das Problem ist Kommunikation«, erklärte ich.

»Aber das ist die Antwort der BÜRGER«, meinte Laurie.

»Eine Idee kann trotz der übrigen Schwächen ihrer Väter wertvoll sein«, sagte der alte Mann. »Weiter, mein Sohn.«

»Sie hatten die Antwort, aber sie hatten nicht die Methode. Sie versuchten es mit Büchern. Doch sie gaben dem Volk einen Denkanstoß zum Lesen, der nicht vernünftig, sondern emotional war. Diesen konnten die Herrscher mit dem TV leicht unterlaufen. Die Methode war falsch, weil das geschriebene Wort zensurierbar ist und weil man zuerst dem Volk das Lesen beibringen muß. Es gibt nur eine einzige unzensurierbare und für alle gleich einfache Methode der Kommunikation.«

»Und die wäre?« fragte der Erzbischof.

Ich liebe dich, Laurie, dachte ich.

Sie wurde knallrot vor Verlegenheit. Aber ihre Augen leuchteten. »Gedanken natürlich.«

»Und wie glaubst du, soll man von Verstand zu Verstand kommunizieren«, fragte der Erzbischof. »Laurie sagt mir, daß die echten Telepathen noch nicht geboren sind.«

»Telepathen?«

»Das ist das Wort dafür. Ich habe es vor langer Zeit einmal gelesen.«

»Telepathen«, wiederholte ich und blickte ihn an. »Wir tun das jeden Tag.«

»Tatsächlich?« fragte der Erzbischof und hob eine Braue.

Lauries Gesicht wurde lebendig. »Natürlich. In den Kirchen. Die Wunder werden durch Gedankenübertragung bewirkt. Mit Hilfe der Maschine. Wir hatten es die ganze Zeit und wußten es nicht.«

Ich nickte. »Die nicht zensurierbare Kommunikationsmethode.«

Doch der Erzbischof schüttelte den Kopf. »Willst du die Kirche Rebellion predigen lassen? Das ist nicht unsere Sache. Unsere Pflicht ist, der Menschheit das Erbe zu bewahren, bis sie reif dafür ist.«

»Und wenn sie auf diese Weise nie dafür reif wird?« fragte ich ruhig. »Die Menschen werden nie reif, wenn die Kirche nicht dazu beiträgt. Sie werden nur noch tiefer in der Primitivität versinken.«

»Nein, nein«, sagte der Erzbischof. »Das ist unmöglich.«

»Die Kirche hat eine Aufgabe, die sie nicht erfüllt. Sie muß die Menschheit würdig für das Erbe machen. Zur Zeit aber ist sie nicht besser als die Herrscher. Die geben dem Volk Brot und Spiele, die Kirche bietet religiösen Trost und Wunder, die keine sind.«

»Und wenn wir handeln. Was wird die Kirche davor bewahren, nicht zerstört zu werden?«

»Ihre Stärke«, sagte ich.

»Sie ist nicht stark genug, die Herrscher herauszufordern. Wir haben lange existiert und sind gewachsen, weil wir die weltlichen Mächte nicht herausgefordert haben.«

»Nein, wir haben ihnen geholfen, und der Verlierer war das Volk. Überall wird die Macht der Kirche unterschätzt. Die Herrscher würden es sich sehr wohl überlegen, ob sie die Kirche angreifen sollen. Dieser Versuch würde zu einem Kampf führen, der jede Welt der Eroberung von außen öffnen würde. Aber das ist nicht die einzige Funktion der Kirche. Ohne sie wäre die Unruhe auf der Welt zehnmal größer. Hätte sie nicht auch ihre Funktion als Hüterin des Erbes der Vergangenheit, so wäre es für die Galaxis besser, es gäbe keine Kirche. Schließlich gibt es noch eine dritte Quelle der Kraft, die ständig unterschätzt wird: das Volk selbst. Droht der Kirche, und das Volk wird aufstehen!«

»Vielleicht«, gab der Erzbischof zu. »Aber wir können nicht mit der Zukunft der Kirche spielen.«

»Mit der Zukunft der Menschheit aber könnt ihr spielen? Was ist denn die Kirche ohne das Volk? Doch ich schlage ja nicht vor, daß man das Volk zum Aufstand treiben soll. Ich schlage nur vor, daß die Kirche das Volk schrittweise an dem großen Erbe teilhaben läßt. Keine Ratschläge, sondern Wissen. Denn das ist — auf lange Sicht — wirkungsvoller. Wissen aneignen kann sich nur, wer liest und schreibt. Und wenn sie lesen können, geben wir ihnen einfache Bücher, und wenn sie die beherrschen, schwierigere.«

»Aber wir haben keine Möglichkeiten, Bücher in solchen Massen zu schreiben und zu drucken«, widersprach der Erzbischof.

»Die BÜRGER haben sie.«

»Sollen wir uns etwa mit ihnen verbünden?«

»Sie haben gute und tüchtige Leute. Einige ihrer Ziele decken sich mit unseren. Ich schlage vor, daß die Kirche sich mit den besten Elementen der anderen Mächte vereint, die für Freiheit kämpfen und eine Wiedervereinigung der zersplitterten Galaxis herbeiführen wollen.«

»Wichtiger aber ist letzten Endes die zweite Aufgabe«, fuhr ich fort, als er nachdenklich mit dem Kopf nickte. »Der Kristall ist jetzt auch ein Vermächtnis, wie die Maschinen. Und allein seine Botschaft hilft uns endgültig weiter. Die Telepathie-Maschinen könnten die für Telepathie begabten Menschen herausfinden. Diese in besonderen Schulen oder Kolonien untergebracht, könnten ihre Fähigkeiten und Begabungen entwickeln und zusammenleben, und eines Tages würden echte Telepathen geboren werden.

Dann, nur dann könnte es zu einem universellen Einander-Verstehen kommen, das ohne Telepathie unmöglich wäre.«

»Und was wird aus dem WORT? Was wird aus unserer Religion? Unter den Bedingungen des Programms, das du forderst, wird sie eines Tages verschwinden.«

»Was ist denn die Kirche? Ist sie eine Religion oder ist sie eine Schatzkammer mit dem Erbe der Menschen von Terra? Geh zurück bis zu Juda. War er ein Prophet oder ein weiser Mann? Ich denke, er war einer der letzten terranischen Telepathen, die nicht aufgespürt wurden und in der Galaxis blieben. Er war sicher auch ein Wissenschaftler, der die Galaxis explodieren sah und erkannte, daß das alte Wissen der Menschheit nur dann erhalten werden konnte, wenn man es mit ein wenig Mystik umgab. Ich glaube nicht, daß die Religion verschwinden muß. Ihre ethischen Forderungen sind gut, die humanen Prinzipien sind gesund. Das Beste und Gesündeste in ihr sollte mit dem Neuen vereint werden und dann noch stärker und schöner aus dieser Vereinigung hervorgehen. Die Kirche ist eine Festung. Ehe wir die anderen Festungen zerstören, muß sie selbst ihre Wälle schleifen.«

Der Erzbischof seufzte. »Das alles wird lange dauern. Jahrhunderte, Jahrtausende.«

»Du kannst den Schaden, der in Tausenden von Jahren angerichtet worden ist, nicht in ein paar Tagen wiedergutmachen. Aber einmal muß man damit beginnen. Und die, die nach uns kommen, werden das Werk fortsetzen.«

»Wenn man jung ist, kann man so denken«, sagte der Erzbischof. »Aber ich bin alt. Und mein Nachfolger wird seinen eigenen Weg gehen.«

»Du mußt deinen Nachfolger selbst wählen«, sagte ich. »Und er muß wieder einen wählen, der das Werk fortsetzt. Wenn es aber nötig ist, daß der Rat der Bischöfe den Erzbischof wie bisher auch weiter wählt, mußt du eben die Bischöfe entsprechend auswechseln. Das steht in deiner Macht. Das ist dein Recht. Du ersetzt sie durch Bischöfe, die deinem Plan folgen werden.«

Langsam, sehr langsam nickte er. Es fiel ihm schwer: »Es muß getan werden.«

Dann lächelte er. »Du hast für Millionen mal Milliarden Menschen in der Galaxis gesprochen. Was aber wünschst du dir für dich selbst?«

»Ich wünsche zwei Dinge.«

Laurie fuhr auf. »Du hast von einem gesprochen.«

Ich sah sie kühl an. »Auch ich habe meine Meinung geändert.«

»Sprich, mein Sohn«, sagte der Erzbischof.

»Erstens möchte ich nach Terra gehen.«

»Was willst du dort?«

»Ich will sie sehen. Vielleicht ist das nur Sentimentalität. Aber ich möchte dort leben, wo die alten Telepathen lebten. Ich möchte den Frieden erfahren, den sie kannten, ihren Himmel sehen und auf ihrer Welt umherwandern. Es gibt noch viele Geheimnisse dort. Ich weiß, wo ich sie finde. Laurie weiß es auch. Ich werde ein Dorf bauen. Die von der Kirche entdeckten Telepathen sollten dorthin geschickt werden, damit sie sich entwickeln können, wie ihre Väter es taten.«

»Das Kämpfen willst du anderen überlassen?« fragte der Erzbischof.

»Wenn ich gebraucht werde, mußt du nur nach mir schicken.«

Er nickte. »Das soll geschehen. Und der zweite Wunsch?«

»Ich möchte Laurie.

Ich hörte sie tief atmen und wußte, wie bleich sie wurde. Aber ich beobachtete ihn und ich war nicht auf den Schmerz vorbereitet, den ich jetzt in seinem Gesicht sah.

Er wandte sich Laurie zu und nahm ihre Hand. »Wie kann ich dich aufgeben?«

»Welches Recht hast du auf sie?« fragte ich.

Er sah mich lange an. »Keins, in der Tat«, sagte er weich. »Außer, daß sie meine Tochter ist.«

»Deine Tochter?« schrie ich ihn an.

»Er ist der freundlichste und beste Mensch der Galaxis«, sagte Laurie zornig. »Wenn er gesündigt hat, dann ist das lange her, und er hat dafür bezahlt.«

»Eine Sünde kann nie getilgt werden«, sagte er und hob eine weiße Hand und streichelte ihr dunkles Haar. »Ich liebte ihre

Mutter. Ich liebe Laurie. Und dies ist eine Sünde, die ich nie bereut habe, obwohl ich dafür verdammt bin.«

»Niemals, Vater!«

»Und du hast sie in diese gefährliche Sache hineinverwickelt«, sagte ich vorwurfsvoll.

»Er hat mich nicht hineinverwickelt«, protestierte Laurie. »Ich habe ihn darum gebeten, und er ließ mich gehen. Wie konnte er mir verweigern, was er anderen erlaubte.«

»Du hast sie gehen lassen?« fragte ich ihn wieder.

»Ja«, seufzte er, »ich ließ sie gehen. Und wenn sie jetzt mit dir gehen will, kann ich sie auch nicht halten. Sprich, Laurie.«

Ich blickte sie an. Ihre Augen füllten sich mit Tränen. Ich liebte sie mehr als alles in der Welt.

»Es macht dir immer noch etwas aus, Will?« fragte sie, und ihre Stimme zitterte.

»Ja«, sagte ich. »Ja ...«

»Wie kann ich dann mit dir gehen? Wie kannst du mich dann danach fragen? Was soll ich fühlen, wenn ich weiß, daß du daran denkst, daß du dich daran erinnerst und nicht vergeben kannst?«

»Ich weiß«, knirschte ich mit zusammengebissenen Zähnen. »Ich weiß. Eines Tages vielleicht, wenn ich älter und weiser geworden bin. Aber ich – ich liebe dich, Laurie. Ich bitte dich nicht, dich jetzt zu entscheiden. Ich werde warten. Ich werde lange warten. Ich werde immer warten.«

Ich stand auf. »Vergeben«, sagte ich. »Wer bin ich, daß ich vergeben könnte.«

Und ich stolperte blind hinaus auf den Gang und fand meinen Weg in meine Kabine und wartete.

EPILOG

Und endlich wanderte ich über die blühenden Wiesen von Terra, meine Augen weideten auf den niedrigen, grünen Hügeln am Horizont. Denn Terra ist alt und weise und freundlich, und ihre Berge sind verwittert und abgetragen. Der Himmel war tiefblau, und das Gras war grün unter meinen Füßen, und Friede und Ruhe waren um mich, über mir und unter mir, und ich atmete sie ein in meine Lungen, und sie durchdrangen meinen Körper.

Ich war ein wenig älter geworden und ein wenig weiser, und doch schmerzte es mich fast physisch, als ich jetzt das Schiff auf der Wiese in einem schwarzverbrannten Kreis stehen sah.

Ich ging zu der langen Leiter, die aus der hoch oben in der glänzenden Spitze liegenden dunklen, runden Öffnung herabgelassen worden war, und begrüßte den Kapitän.

»Ich will Sie nicht zur Eile treiben«, sagte er respektvoll, »aber der Rat der Bischöfe wartet schon lange darauf, daß er den neuen Bischof einführen kann.«

Ich seufzte und hielt Laurie meine Hand hin, damit sie leichter die vielen, vielen Stufen hinaufkam, die zu den Sternen führten ...

ENDE

Science Visionen von heute Welt von morgen Fiction

Als nächster Band in der Science-Fiction-Reihe erscheint:

REBELLEN DER GALAXIS

von A. M. Lightner

Das Leben ist hart auf Herkules V. Wenn der Planet seinen Sonnen zu nahe kommt, müssen seine Bewohner wie Maulwürfe neun Monate unter die Erde. Dort leben sie zusammengepfercht von Konserven und elektronischer Musik.
Nick Criddle und seinen Freunden schmeckt dieses triste Leben nicht. Die Jugend fordert ihr Recht. Um ihrem Maulwurfdasein zu entrinnen, gründen sie eine Band mit prähistorischen Instrumenten. Sie wollen ihre Nachbarplaneten mit Originalmusik »live« beglücken.
Ihre Idee ist eine Sensation. Überall werden sie mit Jubel empfangen.
Doch auch auf den anderen Planeten ist das Leben kein Honiglecken. Und weil Nick Criddle alles, was ihm nicht gefällt, mit seinen Liedertexten kritisiert, wird aus seiner Konzertreise bald ein revolutionäres Abenteuer, das er nur mit Mühe lebend übersteht.

Sie bekommen diesen Roman in vier Wochen bei Ihrem Buch- oder Zeitschriftenhändler sowie in jeder Bahnhofsbuchhandlung. Preis 2,80 DM.

BASTEI TASCHENBUCH